毎朝ちがう
風景があった

椎名 誠
Shiina Makoto

新日本出版社

まえがき

気がついたらこういうモノカキ稼業になって足掛け四〇年だ。サラリーマンだったらとうに定年でネコのヒゲか盆栽でもむしっていていい頃なのに会社に勤めているわけではないので定年というのがない。

やめるとしたら力の限界を感じましたので、といって髷を切り、引退して親方をめざすか。引退届けをどこにだしたらいいのだ。

モノカキ仕事のついでにひっきりなしに世界のいろんなところを旅していた。またたび稼業の空の下、原稿を書いていたのだ。

むかしの伝統的な賢く偉いモノカキの先生は、旅に出ても、綺麗に掃除された廊下のむこうの庭木などをながめながら「ウーム、いい枝ぶりですな」などと考え深げに頷いたりして、それからやおら原稿用紙などに「人生とは」などと書いていたとよく聞く。

でもこっちは旅といっても圧倒的にテントを張って焚き火をやりながらウイスキーなど飲んで「明日のあさめしはこの飯の残りもののごった煮だな。まあオジヤなのじゃ」などとつぶやいているんだから随分状態が違う。

まあしかしそんなマタタビだから夜明けに空を見上げることが多い。雨が降っていると明朝起きて「おじや」をつくるのも面倒になる。「おじい」が「おじや」をつくるのを面倒になっていてはもういけません。

でもその朝とくに用事がないときには相当ハラがへっていないかぎり「あと三十分、いやほんの一時間」ぐらい朝寝をすることほどしあわせな気分はないのです。

そういうものぐさをしているとちゃんと起きた空にはかなり太陽が大きく顔を出していて、そのときなぜか「おむすびコロリン」などというむかしばなしを思いだしたりしております。

毎朝ちがう風景があった

目　次

真正面からの風 11

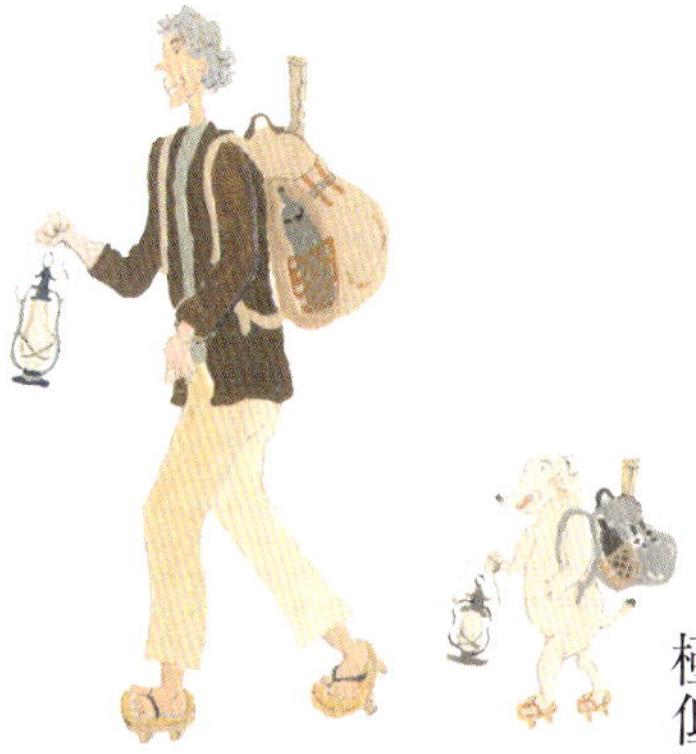

いつまでも続く残照

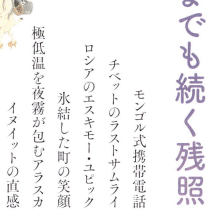

真正面からの風

草原の一本道

新しい年が来た。今年はどんな話をさせてもらおうかと、これまで撮ってきたたくさんの写真をしまってある部屋でしばしそんなことを考えながら、いくつかの写真を眺めていた。そうして手にしたのがこの一枚だった。

方向はこっちのほうだ、とぼくは瞬間的に思った。こっちのほう、と言いつつどこへ向かっているのかわからない草原の中の一本道だ。整理仕事の苦手なぼくはとてつもない量のこれまで撮ってきた写真の中から、突然ぽろりとはずれた写真に見入ってしまう。どこで撮ったのか忘れたので、しまうべき場所がみつからないまま、今年のこの行くべき方向もよくわからないコラムの今後をけっこうよく表している一枚ではないかと思った。

世界広しといえども、案外このように行き先表示も目標になる小山も池も、つまり何もない大地なのにもう何人もの人が進んで行った、あるいはこちらに向かってやってきた道

この道はどこへ……
誰も行かない、誰も来ない。
風ですら今日は安心したようにほわりと止まっている。

があるのだ。そういう光景はよほどのところに行かないともうあまり見ることはなくなってしまった。

眺めているうちにこれがモンゴルの草原であることに気がついた。モンゴルの草原は他のブッシュといわれるもっとぞんざいに荒れている平原とは違って、いたるところに丈の低い草がはえていて、モンゴルという国の生命線でもある遊牧民にとってはかけがえのない肥沃《ひよく》な、しかも広大なエリアになっている。動物たちはその大草原を群れをなして移動して行くから、足跡というものはあまり明確にはならない。唯一想像できるのは後からやってきた羊や牛、馬などが、この草原は少し前に同類たちが通り過ぎたので草が痩せている——とそれぞれの動物的な感覚で理解することぐらいだろう。

だから、このどちらの方向に進んでいけばいいのかわからない一本の道は、多くの人や動物や車がつけたあとなのである。これだけくっきりとしているのはどこかの村と村、あるいはそこそこ大きな草原の中の集落に向かうルートなのだろうとわかる。言いかえれば、モンゴルにおける幹線道路のひとつなのである。〝野の道〟ではなく〝幹線道路〟なのだ。これだけくっきり道筋がついていると、まずはそれにちがいない。

ぼくはいろいろな用があってモンゴルがソ連の属国から離れて民主化された後、十年ぐらい数年おきにこの地にかよっていたので、こうした誰の目にもくっきりと鮮やかに見ることができる〝幹線道路〟の存在には敏感である。逆に言うと、ジープや馬などで草原を移動していると、なかなかはっきりした道というのには出会わない。熟練した地元の人がいない限り、道がないと方向を失うことになる。

ぼくは一頭の馬であてもなくこうした草原を移動したことがあるが、一時間もしないうちに方向が分からなくなってきて、ひどく焦った記憶がある。太陽の向きなどでは新参者にはなかなかルートを定められないものだ。今年はわが人生どんなルートが見つかるだろうか。

ゴビのラクダ

一九九〇年代、とびとびながらほぼ十年間モンゴルに傾倒し、しきりに行っていた。モンゴルは日本の四倍の広さがあって、有名な遊牧民がそれぞれの住居を建て、ある程度の面積を自由に確保して、家畜に餌を与えて大きく育てる仕事をしている。モンゴルの遊牧民は、九二年に「モンゴル人民共和国」からただの「モンゴル国」になるまで、国から家畜の動物を借り受け、一年がかりで飼育する。目的はただ一つ、健康ですくすく成長する家畜の子供らを育てることだ。その子供らがその年の各遊牧民の収穫（つまりは収入）になる。羊と馬を飼う遊牧民が多いが、北のほうに行くとラクダを飼育する遊牧民が増えてくる。

モンゴルに傾倒してたびたび行っていたのは、映画を作るためだったので、ヘリコプターを使ったり、車を使ったりして、各地をロケハンした。動物たちの繁殖期は六月で、それ以降は遊牧民は家畜の子育てに追われる日々だが、動物たちは、重要なお産を終えているので、馬や羊やラクダたちにとっては（一方的な感想になるが）まあいちばん気楽な季節を迎えているように見える。毎日、馬に乗った遊牧民や犬たちに追い立てられているが、よりよい草を求めて走り回って、とにかくたらふく草を食べるという体力づくりの仕事に戻るのだ。

夕方になると、オオカミが出てくる場所が多いので、狙われやすいヒツジやラクダなどはわりあい早めにそれぞれの宿舎に戻っていく。その時の風景がなかなかいい。特に次ページの写真のようなラクダの隊列というのは、地形と夕陽がうまい角度にならない限りはなかなか撮れないから、これはまあぼくの好きな写真の一枚になっている。

ところでラクダというと、アラビアやサハラなどの砂漠が本拠地と思われがちだが、水を飲まないで済むのは、種類にもよるがせいぜい十日前後。それ以上飲ませないでいると、突然ばたりと倒れてしまったりするという。ラクダは胃袋がいくつもあるので、牛のように一度食べたものを反芻《はんすう》しているから、常に口をもぐもぐ動かしている表情を見ると、なかなか心が和む。けれどけっこう〝本人〟は必死なのだ。

これは遊牧民の引っ越しのときの光景。
遊牧民は1年に2～3カ所移動する。
ラクダは力強く遊牧民にとって
小型トラックぐらいの用途、役割りがある。

ラクダはあのとぼけた顔をしていてなかなかのクセモノで、よく遊牧民が熱い太陽を避けるためにラクダの影に入ってかぎたばこなどをふかしていると、いきなりその足に噛《か》みついたりする。何の前触れもなく動機もよくわからないまま、いきなり噛みつかれるからびっくりする。ジーンズなどはその一噛みできれいに細長い穴があいてしまう。けれどラクダの歯は人間と同じように上下並列型で、小さなスキで噛み切るようなあんばいだから、ジーンズや服の中の体まで切れるということはない。

何か気に入らないことがあってのラクダの咆哮《ほうこう》を聞くと、これはたぶん魔女の声だ、とぼくは思った。すさまじく強烈で狂気的な叫び声を、ダラダラのよだれとともにそこらに吠《ほ》えあげるのだ。

アイスランドの休火山

以前、草原の真ん中に向ってどんどん進み、地平線の果てから先はどこへ行くのかわからない写真とともに、そのときの話を書いた。今度は裾野がなだらかで広い、アイスランドのスナイフェルス火山からの帰り道の写真だ。

ここへは海岸からスノーモービルで一気に頂上まで登ってしまった。頂上から裾野までそっくり雪に覆われていて、てっぺんに二つのとんがった頂がある。そのひとつは火山だが、今は休止中。つまり休火山だ。そこまで行った理由は、フランスの作家ジュール・ヴェルヌが『地底旅行』という小説の舞台にしたからで、ヴェルヌファンのぼくとしては、その小説がどんな舞台になっていたのかを見ておきたかったのだ。

頂上の突起は三角錐《さんかくすい》のようになっていて、足元などを冬山支度にしないと登るのは無理だったから、そのまわりを一巡り。地元の人などもめったに登ってこない山だから、もち

坂の先には北大西洋……。
この角度で撮るとなだらかに見えるが、
実感としてはけっこう傾斜がある。
スノーモービルで海にむかって一気に降りる。

ろん誰にも会わなかった。幸い吹雪にはならず、帰る頃には薄日が射して、海の一部が太陽を反射して光っているのが美しかった。スノーモービルでずんずん降りながら撮った一枚だが、天候が味方してくれたからでこういう写真もそんなに簡単には撮れないだろうなと思った。

山裾《すそ》につきものの森林というのが一切なく、スノーモービルには危険なでこぼこも一切ない。そのまままっすぐ北大西洋まで突っ走って行けてしまいそうだった。岸に近いところに雪をかぶっていない小さな島が見える。どうしてそこだけ雪がないのか不思議だった。

地元の人に聞くと、夏にはもちろん雪は溶け、山の表面があらわになるようだ。裾野からしばらくは緑の草が生え、頂上近くなると岩が露出してくるので、その山は夏には緑と茶褐色にわかれたケーキみたいな色合いになるのですよ、と言う。その日ぼくが登ったときは全山真っ白だったから、まあさっきの伝《でん》になぞらえれば、チーズケーキのような色合いということになるのだろう。ジュール・ヴェルヌの小説は、その山の火口から中に入っていくところから始まる。そうしてずんずん地中深く行くと、大きな湖があったり、地表では見られない巨大な生物がいたりする。まあ、かなりお気楽なお話だったが、地球の下にもうひとつ別の世界があるという話は、ヴェルヌのそれが初めてだったから、子供の頃のぼくは夢中になって読んだものだ。

ぼくはヴェルヌの小説にいろいろ刺激を受けた少年時代の読書体験をしているが、代表作は『十五少年漂流記』だった。それは、ニュージーランドから十五人の少年たちが乗ったスクーナー型の帆船が太平洋の孤島に流されて漂着し、そこで少年たちの二年間にわたる冒険活劇の日々が始まる。小説ではあったが、物好きなぼくはその小説のモデルとなったマゼラン海峡のハノーバー島と、太平洋の真ん中のチャタム島という二つの島をやはり見に行ってしまった。

八〇年代、ロシアの市場

一九八〇年代のイルクーツクの風景です。

ここはシベリアのパリといわれたくらいロシアのなかでは美しい街だった。しかしシベリア全体は恐るべき極寒ということもあって人々は暖房のきいた家のなかに閉じこもっていることが多く、外に出るときは分厚い外套に毛糸や羊毛のかぶりものをしてみんな首をすくめ、うなだれているようにして歩いている。

多少なりとも賑《にぎ》わっているのは休日の市場で、ここに住む人々の集結場所だった。お店をだしているのは農家が多く、自分のところで採れたものを各自持ち寄っては寒さのなかで嗄《か》れた声をはりあげて自分のところの「売り物」を連呼していた。

ぼくはブタの首だけ売っている露天商に目がいって、しばらくそこから離れられなかった。ブタ一匹持ってきて首だけ余ってしまってそれを売っている、というわけではなく、

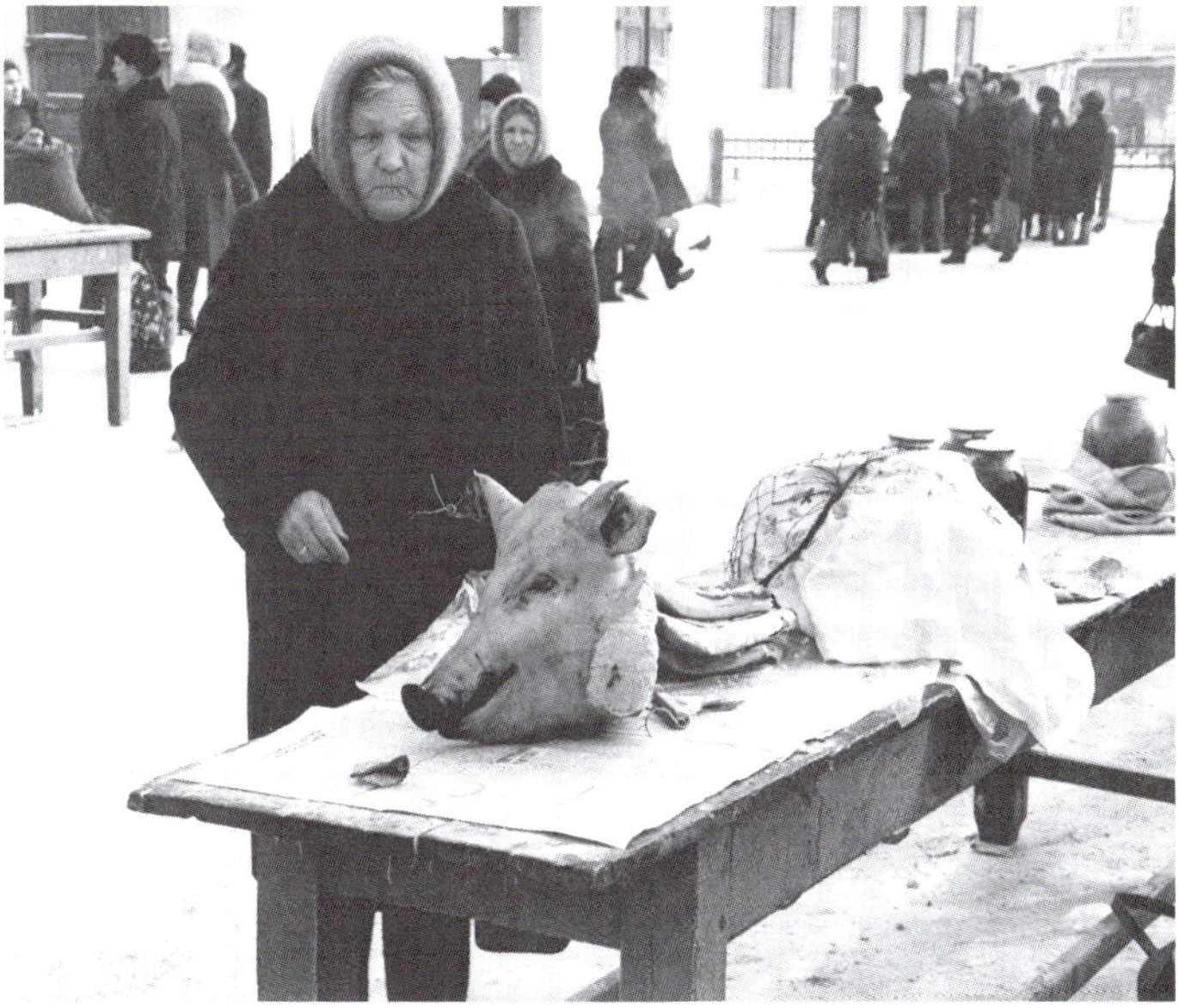

ブタの頭を丸ごと買っていく人は少なかった。
スープにしておくのも少々多すぎるのだろう。
でもロシアふうのスープにするとあたたまって
力になるだろうなという確信があった。

最初からブタの首だけひとつ持ってきてそれを小口売りしているようだった。

その頃のロシア人はまだいろんなことに警戒的で、こんな近くでカメラをむけて写真を撮っているぼくをうさんくさそうに見ていた。その頃ぼくは一カ月半ぐらいロシアをうろついていたのでごくごく基本的なロシア語（挨拶ぐらいの）はしゃべれたし、買い物に最低必要な言葉はいくつか通じるようになっていた。

なにも言わずにカメラだけむけると農夫のアルバイト商人は警戒して顔をそむけたり、こちらを追い払う手つきをした。

このときぼくは「シト、エータ？（これは、何？）」とかなんとか言ってブタの首をしばらく興味ぶかげに見ていた。そろそろコツをつかんできていた頃で、なにもいわずにカメラを向ける、なんてことは大抵拒否されるから、通じても通じなくてもなにか言いながら、いかにも買いたそうに接近していくのだ。

おばさんはまだ全面緊張の顔はかえず、このヤクートかブリヤートのあんちゃんはブタを初めて見たのかね、というような興味を持ったらしい。ぼくが最初に声をかけたのでおばちゃんは何事かロシア語で言った。

「これはブタだよ。ブタの頭。あんたはじめて見たのかい」というようなことを言ったのだろう。ぼくはもう一歩足を踏み出して標準レンズにちょうどいい画角にまで入り込んでブタのあたまをしげしげと見た。

そのあいだにもおばちゃんはなにか言っている。ロシア人がモノを買うとき、そのようにして品定めするのをぼくはそれまでの観察から身につけていたのだ。

ブタは頭の後ろ側と頬の肉が人気だった。さらに骨だけでもいい売り物になる。買っていった人はそれらを煮込んでジャガイモなどをいれて大量のスープをつくり、それを飲むと体があたたまってシアワセな気持ちになるのだ――と言っていた。宿でそういうことができるならばぼくも買っておきたかったのだけれど。

ユーラシア大陸の最東端

ユーラシア大陸のロシアの最東端あたりをチュコト半島と呼ぶ。ベーリング海峡を隔ててほとんど眼前と言っていいくらいの距離にアラスカがあり、ロシアとアメリカの最も接近している場所になる。今は人口二千人ぐらいしかいないがプロベデニヤという昔はミサイル基地だった旧軍事都市がある。そこからさらに二時間ぐらい東に行くとニューシャブリノというところにネイティブの村がある、ロシアの極北遊牧民で、ユピックという。

世界地図で見ると、日本からそこへ行くにはとにかく北上して行って、カムチャツカ半島をどんどん進んでいくと、だいたいこのあたりに達するように見える。けれどそのような交通路はまったくなく、現実的には日本からアメリカ、もしくはカナダに飛び、そこからローカル航空に乗り換えて、ベーリング海峡をこえて、じわじわと接近して行くしかない。

ロシアとアメリカの最接近地点ということで、冷戦時代にはこのプロベデニヤという町にはアメリカ側を向いたミサイルが林立し、約二万人の軍隊が駐屯していたという。しかし今は一部の軍港を残して軍事勢力は去り、空爆にさらされたような風景がひろがっている。

ここまでやってきた日本人はあまりおらず、入国手続きその他のアテンドをしてくれたウラジミールさんに聞いた話では、ぼくで五人目だと言っていた。観光地でもないし、何か新しい資源が発掘されるわけでもないので、軍事関係以外のロシア人でもここに来る人はほとんどいないという話だった。

十一月で町は雪と氷に覆われ、早くもマイナス二十度ほどになるという。そんなわけだからホテルやそれに準ずるものは皆無で、民間で外国人を泊めてもいいというところに潜り込むしかない。思えば民泊というわけだ。

ウラジミールさんの話では、もし不幸にして第三次世界大戦が起きたとしたら、ここはまず最初にミサイル攻撃を受けて、とんでもない廃虚になるはずだという。しかしかつて二万人いた軍隊関係者が去ってしまった今は、廃虚と化したビルやさまざまな軍備施設が壊れたまま打ち捨てられ、核攻撃を受けなかったとしても、今が核戦争後の廃虚の町そのものの風景になっているのですよ、と笑って話していた。

今、町で一番目立つのは、この写真にあるようなひときわ巨大な煙突のそそり立つ発電所で、ここが機能しないと極寒期にはマイナス五十度ほどにもなるから町は十一月ごろから凍り付く。このほかには窓が一切ない江戸時代のヨロズヤみたいな二軒の粗末な日用雑貨店と、バーニャと呼ぶサウナ風呂がある程度。もう北極圏だから真冬前の十一月頃は太陽はなかなか地平線にはもぐらず、さまざまに魅力的な自然の色が交差し、この写真の通り夢のような光景になる。

ここで暮らしている二千人の人々は、そのほとんどが軍が解体したあとの処理をするのが仕事だったり、まだ閉ざされていない軍港の一部を使っている船舶関係の仕事に従事する人ぐらいだという。ぼくの目指す最終地点は、この町からさらに五十キロほど東に行ったところにある。

夢のような極北の町景色。
太陽はなかなか沈まずいつまでも地平線が
赤い夕やけのようになって残っている。

ユーラシア大陸の最西端

かねてから行きたいと思っていながらなかなか行けなかった国にポルトガルがある。山だの谷だのの冒険、探検的な旅をする必要はなく、期間も一週間から十日あればそこそこの満足を得て行って来られるところなのだが、なぜかなかなか行けなかった。行くべき理由があまり強烈に存在しなかったからなのかもしれない。ぼんやりとした憧憬の国という意味合いが強かったのだろう。

ポルトガルはその気候や風土がけっこう日本に似ているというのが大きな興味のひとつだった。世界広しといえども、好んでタコを食べる国というと日本とポルトガルしかないようだ、とも聞いていた。魚介類が豊富で、刺身こそまだポピュラーではないものの、日本と同じくらい庶民一般に重要な食材として広まっているというのも興味深い。

それからもう一つ、ユーラシア大陸の西のはずれに位置しているというのも大きな魅力だった。年代は前後するが、その後ぼくはユーラシア大陸の東のいちばんはずれ、ロシアのチュコト半島まで行っているので、結果的にはこの広大な大陸の端と端を見ることができたのだ（本書二十八頁・ユーラシア大陸の最東端）。

さらにもう一つ、この国にはファドという有名な国民的な歌とそのリズムがあり、これは強引になぞらえれば日本の演歌とよく似ている。

まあそんないくつかのそれぞればらばらの興味をずっと抱いていて、そして、その年二〇〇三年、たった半月間だがようやくポルトガルの最西端ロカ岬に立つことができた。ここはかなり高い断崖の上に立派な灯台が屹立《きつりつ》していて、その向こうは恐ろしく巨大な海が広がっている。

その昔、ここから船で太平洋に出ていく探検隊がいくつもあった。初期の頃は、その海原の先に何があるか当然ながらまったくわかっておらず、ジブラルタル海峡を過ぎるともう海がばっさりなくなっており、そこからすさまじいスケールの滝が落下しているとまでいわれていた。そんな未知の海にいくつもの船が挑戦し、大きな海路を開いたのである。

よく晴れた素晴らしい日で、ぼくはやっと念願の場所に来たのだと喜びに満ちて強い風

ポルトガルの最西端ロカ岬。
古代の人はここで地は果て、
そこから先は海がそっくり崩れ落ちている——と語った。

に吹かれていた。この岬を降りていくと平坦《へいたん》な海岸が続いており、そこかしこで何やら魅力的な煙がたちのぼっている。きっとそれに違いないと思ったら、やはりその通り、海辺の焚《た》き火の上に大きな網を置いて、そこでタコを含めたさまざまな魚を焼いているのだった。

その日のだいぶ夜更けに次の目的の場所に行った。生のファドを聞くためだ。非常に情緒のある石ダタミの坂道の途中に、日本でいえば居酒屋そのものの店があり、開店は夜の十一時だった。当然夜明けまで店はあいていてヨッパライの男女が抱きあっていたりする。大人の国なのである。満員の店内はぎっしり六十人ぐらい。ギターラという楽器を持った老人が流暢《りゅうちょう》な演奏をし、その旋律に合わせて店内にいるお客さんが、打ち合わせもないはずだろうに、混乱もなく一人一人立ち上がり、ポルトガルの演歌そのものを聞かせてくれた（本書百九十八頁・「ファド」が流れる居酒屋）。

北国の海の夏祭り

盛岡は夏が似合う。この町へはもう三十回以上行っていると思う。そこに行くと、その土地の男女、大人、子供、じいちゃん、ばあちゃんまでたくさんの人と知り合いになり、それがますますぼくを盛岡周辺への旅に駆り立てるのだ。夏がいいと言ったが、冬は、良く晴れていると遠くに雪に光る岩手山が望め、空気はぴんと張りつめ、その下を歌の文句でも知られた北上川が遠野の方に向かってサラサラ心地よく流れている。

盛岡というとすぐに、わんこそばが有名ですね、などと言う。ぼくも一度食べてみたが、小さなおひなさまが使うようなお椀《わん》にほんのひとつまみ程度のそばが入っていて、たすきをかけた娘さんがリズムをつけてハイヨ！　ハイヨ！　ハイヨ！　っと威勢のいいかけ声とともにおかわりをどんどん入れてくれる。客はそれをとにかく出されるスピードで食べていくのだが、あわただしいだけで、まあそういったらなんだが、大してうまいわけではない。三百杯食べたと言ってオヤジが突き出た腹をさすって自慢している程度のもので、いや、まあこれは文句を言うために書いたのではなく、一度試してみたらよろしい。一人ワンコというのがあっておかわりをじゃんじゃん入れてくれる娘さんの前にかしこまって頭を下げてひたすら食べ続ける様子を見ていたらいじめっ子といじめられる男——の風景にみえた。

ここはある意味麺の町で、いちばんの人気は誰がなんといっても冷麺だ。駅前にぴょんぴょん舎と盛楼閣という冷麺界の二横綱が、相撲じゃないけれど絶対休場はせず、双方大にぎわいだ。冷麺は文字を見るだけでもすずやかな麺で、太いゴムゴム感のする麺を冷たく辛いスープで食べるときがぼくの盛岡行きの最高の幸せだ。町の中にはいろいろな人の好みに合わせたもうちょっと小規模な、それぞれ味も風味も、辛さも違う自慢の冷麺を出している店があり、その気になれば三泊四日冷麺十五杯作戦などもできる。

この宮沢賢治の気配の濃厚な北の町の夏は、盛夏には町中が燃え上がるように暑くなる。あるとき盛岡から二時間ほど海べりに行った宮古で、海の夏祭りに出会った。関東あたりの夏祭りとなると太ったおとっつぁんがみこしを担いで、海に出ていくことが多いけれど、ここでの祭りは漁船にみこしを乗せ、たくさんの大漁旗を船飾りにして、その船団が紺碧《こんぺき》の海原を白波けたてて突っ走っていく。海の祭りはけっこうたくさん見てきたが、折よくそのみこし船に知り合いがいたので、ぼくもその船に乗って陸の十倍ぐらいの海風を受けて、なんといったか沖にみえる岬の前あたりまで海を巡航する。その間にみこしを担いでいた男たちや、暑いのにはかまをはいた巫女《みこ》さんたちの弁当の時間になる。素朴な東北の人はみんな快く、ぼくがカメラを向けても高校生ぐらいの娘さんが弁当を頬張って笑ってくれる。

一回りして陸に戻ると、今度はじいちゃん、ばあちゃんがたくさん集まってのカラオケ大会が始まるところだった。日陰に入って少し見物していたが、出演者の最初から五人までが「兄弟船」を歌っていた。一番、兄弟船、二番、兄弟船……という具合で、まあこれも楽しい旅だったなあ。

海の町を練り歩いたみこしをこの船に乗せ、
続いて海路をいく。

さい果てのレンズ雲

猟奇的、およびオカルト的な雑誌などに載せると、ＵＦＯの来襲などと大げさな目くらましタイトルをつけても通用するような風景ともとれそうだ。これは南半球の最南端、パタゴニア（オーストラリアとかオセアニアといった広域なエリアの名称）などに行くと、時折あらわれてくるレンズ雲というものだ。

このあたり一帯は、アルゼンチンにしてもチリにしても、強風の吹き荒れる季節が長く続くことで知られている。季節は夏と冬の二季しかなく、その季節変わりによくあらわれるという、上空を行くとてつもない強風によって、雲がこのような円盤型になってしまうのだ。

地表ではそんなにすさまじい強風が吹いているわけではないが、この雲が流れてくる上空では強烈な風が吹いていて、風に吹かれた雲がそこそこ怪奇的なスピードで動いていく

上空に強い風が吹く日にあらわれる。
レンズ雲と呼ばれているが、
空いちめんにこういうのが広がっていると
少々あとずさる気分だ。

のが見える。北極や南極のオーロラには負けるが、それでもこのような雲が空一面に広がるとなかなか見事なものだ。

レンズ雲が出ている日は、人々はわりあいのんびりしているが、この上空をすさまじい速さで流れていく風が地表に降りてくると、大地はとんでもない連続突風に襲われることがある。

ぼくが初めてパタゴニア地方に行ったときは夏の終わり頃だった。日本と季節はそっくり反転して、日本の冬はパタゴニアの夏である。とてつもなく広い国土なので、空港から町に行く間、生まれて初めて見るようなまっすぐの道が延びており、そこを車はそんなにたくさん走っていないので、突っ走っていくことになる。左側にマゼラン海峡がずっと見えていて、車のエンジンの音と吹き付ける風がぶつかる音しか聞こえないというのが、その後何度かパタゴニアに行くたびにおなじみの風景と体感になった。

この季節にパタゴニアを走る車のほとんどは、フロントガラスの前に頑丈な金網をつけている。これは、舗装されている道路ではあるけれど、いたるところからの強風によってたくさんの石が飛んでくる。中にはこぶし大ぐらいの強烈なものもあり、ぶつかればフロントガラスはたちまち割れてしまう。そのための石よけガードなのであった。

ぼくもずいぶんいろいろな気候風土の国々を旅したが、そんなふうに行く先までまっすぐで、目当ての場所も見えないような直線道路を突っ走っていく状況は、このエリアしかないように思う。同じ方向に行く車も対向車もめったにいないから、目で見る恐怖心はあまりないが、間欠的に襲ってくる特に強烈な風のかたまりによって、車が左右に揺さぶられることがある。車高の高い車などは、風に逆らう力が大きいので、ときに横まわりに吹いて来る風の日は、そのまま横転させられることもあるという。

まあ、南の果てといいながら、大変荒々しいお迎えを受けるのだが、ここへ行くたびに気持ちがうきうきするというのも、もうひとつの事実だ。

アマゾン最後の町テフェの裏通り

アマゾンの河口から六千キロほど上流に行ったところにテフェというこの巨大な川の一番奥地の町がある。そこから先は「奥アマゾン」となり、もうまともな町はない。川を行く船としては海で見る汽船ぐらいある大きな貨客船の定期航路もここで終点。

ぼくはここからさらに奥地に行きたかったので、いろいろ生活用品を売っているこの町にしばらく滞在し、必要なものをそろえていた。こういうときは現地の人のアドバイスに従うのがいちばんいい。

まず最初に必要なのはハンモックだった。ハンモック専門店が何軒かある。どの店もそこにはいると強烈なＤＤＴの匂いでむせかえりそうになる。アマゾンを旅する者はこういう自分の寝具を持参しないとやっていけないらしい。

どのハンモックも広げるとタタミ一畳分ぐらいの大きさがある。寝るときは空中に張ったこの上にナナメになると腰のあたりが垂れ下がらず、疲れず涼しく毎晩すごせるそうだ。ずしりと重くちょっとたたけばＤＤＴの粉があたりに飛び散る。

安ホテルに入るとベッドの先の頭のあたりと足もとの先の壁に頑丈そうなフックが出ている。ここらを旅なれている人々はいろんな虫が棲息《せいそく》していそうな汚いベッドなどに寝ずにその壁のフックにハンモックをかけて寝るのだ、と地元の人に聞いた。なるほどクーラーのない部屋は天井扇風機がぐるぐる回っているだけなので、この空冷式のほうがあんばいがいい。

しばらく寝ごこちを試していると、外からアコーディオンの曲が流れ聞こえてきた。なんだかものがなしい音色だった。気になったので外に出てみると、宿の裏通りの建物の壁に寄りかかってローティーンの女の子が次ページのようにつまらなそうにアコーディオンを弾いていたのだった。傍らにカンカラがあってそこに安いコインがいくつか入っているのが見える。

この町にきてすぐに目に入ったのは、貨客船でやってきた旅行者やなにかの買い付け商人などに、川で泳いでいた少年たちが川の中から手を出して金を無心している姿だった。

ホテルの北側の壁に寄りかかって
ずっとひたむきに何かのメロディを弾き続けていた。
知らない曲なのでうまいんだかそうでもないのか、
よくわからなかったけれどずっとずっと集中していた。

ホテルに到着する間にもいろんな少年少女がモノを売りつけにくる。

ただまとわりついて片手をだしてしきりに何か言っている子もいる。道案内するよ、と言っているらしい。自転車に乗って背中に郵便袋を担いで配達しているバイトの子もいた。

この女の子は目の前を通る誰かに媚《こび》を売るわけでもなく、ずっとこういう表情をしていくつかのメロディーを奏でていた。綺麗《きれい》な子だった。どこでどういう暮らしをしているのかわからないし、自発的なのか親からこうするように、と言われているのかもわからなかったが、そのひたむきな姿にひきつけられた。

世界は不公平だ、と思うときがけっこうある。

いつまでも続く残照

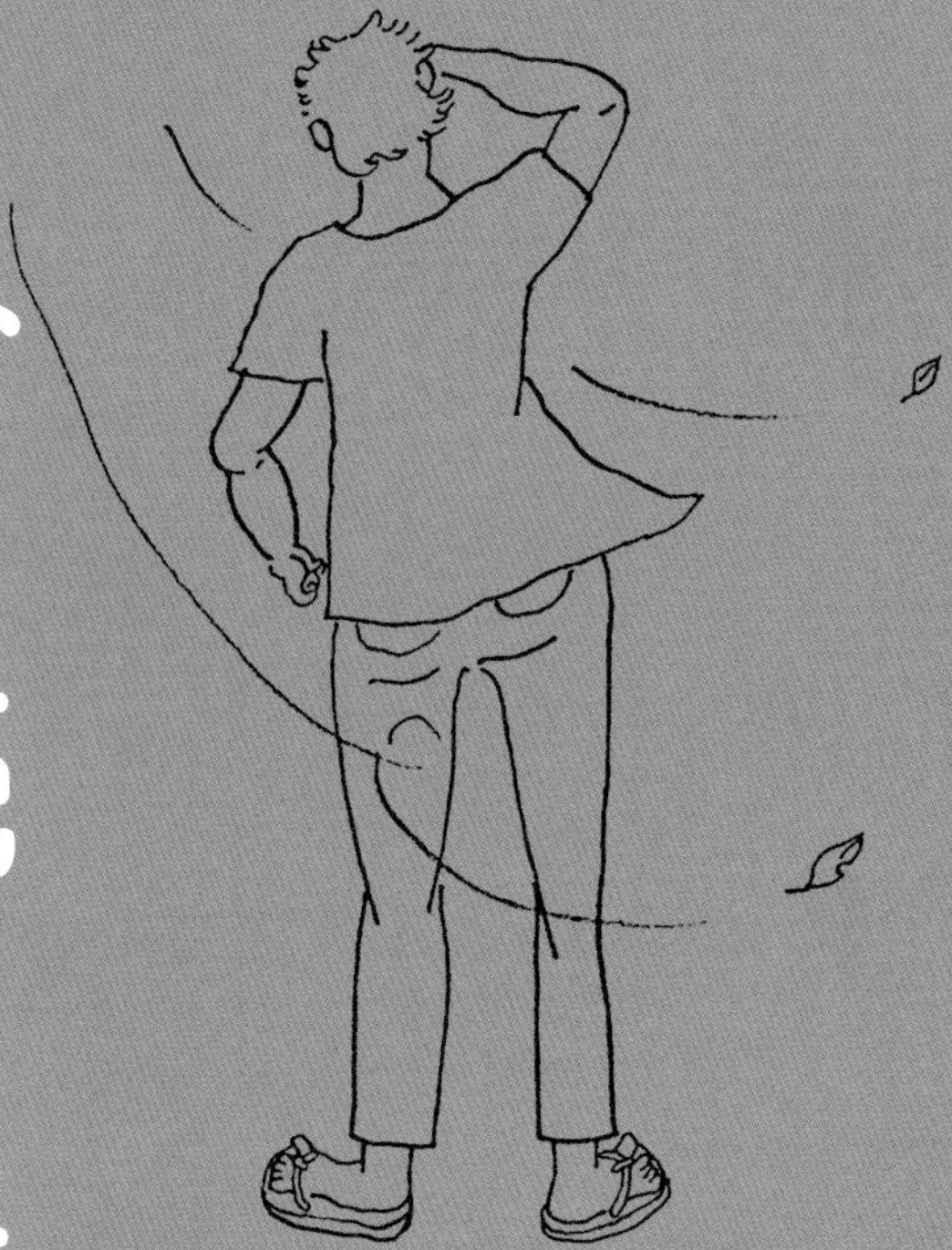

モンゴル式携帯電話

一九九〇年代にソヴィエト連邦が実質的に解体し、それまで衛星国として傘下にいたモンゴルは独立した。ぼくはその頃から十五年ほど定期的にモンゴルに行っていたが近代化へのモーレツな変化をまのあたりにし、ひとつの国の急激な変わりように驚いたものだ。

六二年頃のウランバートルのメインストリートは馬やラクダが主役であちこちに糞《ふん》のカタマリが落ちていた。二年もしないうちに自動車がそこにまじりはじめた。ロシアと韓国のクルマが多かった。ロシア式の武骨《ぶこつ》なつくりの店ながらそれまで穀物とか油などの生活用品しか売っていなかった雑貨店にいろとりどりの衣服、菓子、雑貨、小型ラジオなどが並びはじめた。

おかしかったのはその頃まで買い物にくる客はたいてい馬でやってきて店の前の柱に縄を輪にしてつないでいたが増えてきたクルマも馬つなぎの柱にフロントをむけてとめるの

で馬でやってきた客が怒ってクルマの客とよくけんかしていた。まだ駐車場という概念がなくクルマの客も馬つなぎの棒にクルマの頭をつきあわせてとめていたのだ。これじゃスペースがすぐ足りなくなる。

あちこちに貼られたり掲げられたりしていた政治スローガンの大きな垂れ幕はたちまち消え、化粧品とか衣服とか清涼飲料の広告にとって代わられた。

七〇年代の中頃になるとモンゴル初のデパートが韓国資本でつくられ三階までのエレベーターが呼び物になった。開店と同時に客が押し寄せ三階までのエレベーターに乗りにきてそれで満足して降りておしまい。不思議だったのはデパートの入り口に銭湯のげた箱みたいな鍵つきのロッカーが並びデパートの係の人が財布以外の客の持ち物を全て、そのロッカーにあずかるようになっていて、入り口は大混雑。

店の中はいろんな商品が並んでいたが高級ファッション服の隣が羊肉の売り場だったりしてたくさんいる販売員が客を威圧的に監視していた。

モンゴル料理というと日本人はすぐにジンギスカンを思いうかべるが、そういう料理はどこを探してもなかった。理由は簡単でモンゴル人は絶対に肉を焼いて食わないからだ。

焼いたら大切な脂がみんな火に落ちてしまう。かれらの通常の食べ方はほぼ一匹分そっくり蒸して食べる。だから北海道あたりでモンゴル料理と言っているジンギスカンは日本人しか食わないモンゴル料理というわけのわからないものになってしまう。

文化と変革、という意味で考えさせられたのは、ある年再訪したとき、町を歩いている人が家庭で使っている形式の電話機を小脇に抱えている人のやたらに目についたことだった。はて今日はそれらを安く修理してくれる日なんだろうか、といぶかしく見ていたらそれを使って実際に話をしながら歩いている人を見た。モンゴル式の携帯電話のあけぼのだったのだ。しくみを聞いたらウランバートルの真ん中に大きな親電話のアンテナがあって、人々は「子機」を使ってそのまま市内をぐるぐる回って話をしていたのだ。

あのまま発展したらなあ、と思ったが今は遊牧民が腰のベルトにおなじみの小さな携帯電話を差し込んで馬をとばしている。でも考えてみるとこういうケータイ電話システムは遊牧民の生活には長いながいあいだの夢だった筈だ。それまでは電話をかけるために馬で一日走って町までかけつける生活だったのだから。

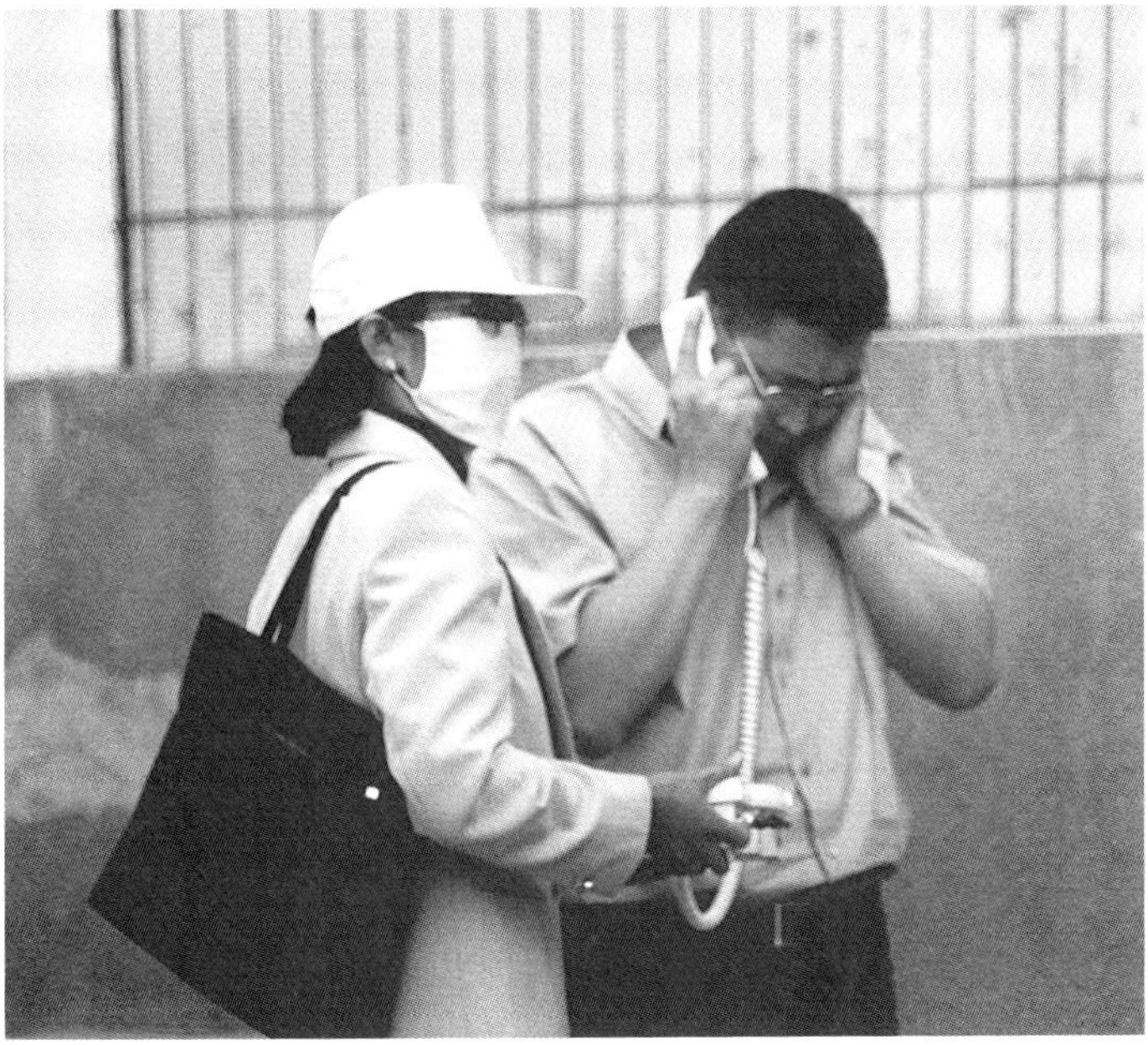

ウランバートルの街角で、
みんな家庭用の電話器を使っている。
ニュースタイルのケータイなのだ。
一人では操作できないのがつらいところ。

チベットのラストサムライ

　正装でめかしこんでいるチベット人である。ツバの狭い帽子に上半身の片肌ぬぎ。いや、肌まではだしていないから片袖ぬぎというべきだろうか。飾りのついた刀を誇らしげに腰にさしている。この恰好《かっこう》で馬に乗るとチベットのサムライになる。刀は日本の侍の小刀《しょうとう》よりやや長く片刃である。本物の刀だから喧嘩《けんか》になるとこれを抜く。チベットにはまだサムライがあちこちにいるのだ。最近、都市部での帯刀は禁止されるようになったがチベットは広い。田舎のほうにいくと、こういう武装男がまだ残っている。ラストサムライだ。

　ぼくが最初にチベットに行ったときは遠出するとき、男はたいてい刀をさしていた。カムという部族は気が荒いことで有名で同時におしゃれだ。しかもたいてい体格がいい。遠くからカムの男、カムの女というのがすぐわかってしまう。

　ある年、チベットの聖山カイラスにむかうときにカタという白い布で顔半分を覆った男

チベットの男たちはちょっと遠出をするときは刀をさしていく。
だんだん禁止されてきているからラストサムライも近い。

が石だらけの道をよろけながら降りてくるのと出会った。山の途中で喧嘩になってカムの男に切られた、と言っていた。まだチャンバラが行われているのかとびっくりしたが、とにかくその男をほうっておくことはできないので我々の連れていたヤク（びっくりするほど大型の毛脚の長い牛）にのせてカイラスの麓にある病院に連れていった。

男は痛いらしくときどき唸《うな》っていた。唸りながら何か言っている。我々のガイド兼通訳がいうことには「あいついつか殺してやる」などと言っていたらしい。人が少ないところだから相手はすぐにわかる。治ったら本当に敵討ちに行きそうな気配だった。

町で腰に刀を差している男の姿こそ少なくなったが、クルマの運転席の下にこの刀を隠しているのが多い。チベットにもタクシーはあるから、あまり運転手と喧嘩しないほうがいい。カッとなるとその刀を引っ張りだしてくることが多い、というからやはりまだ西部劇の世界なのだ。

町の露店などでこの刀は売っている。でもよく調べてみると刀の刃は潰してあり、人や動物などはそうはやすやす切れないようになっていた。それなら武器ではないから日本におみやげとして持って帰ろうかと思ったが、持って帰っても使いみちがない。

チベットには、鞘《さや》のまっすぐな、なかなか見事な短刀を懐にしている女性がけっこういる。旅先で男に襲われたりしたらその短刀がものをいうのだろう。それから家のなかでも、働かずに酒ばかり飲んでいるぐうたら亭主を脅かすときにも使うというから穏やかじゃない。

チベットには三度ほど行ったが、そのたびに高山病（ラサの空港ですでに富士山の八合目ほどの高さ）にひいひい言わされる。そうまでしてなぜ懲りずに繰り返し行くかというと、刀ひとつとってもこういうタイムトラベルみたいなのに出くわすから、行くたびに驚くべき新発見があるからだ。

ロシアのエスキモー・ユピック

その年、偶然ながらもアラスカとカナダ、そしてロシアの北極圏に行った。この写真はロシアのニューシャブリノというロシアエスキモー（ユピックと呼ばれる）のところに半月ほどいたときの、狩猟の様子を取材したものだ。

各国の北極圏に住む人々の主食は、昔も今も断然アザラシである。種類はその海域および季節によっていろいろ異なるが、ここでは灰色アザラシの狩猟の最盛期だった。ここに行く数年前まで、ぼくはロシアにエスキモーがいるということを知らなかった。ユーラシア大陸の最も東のはずれに住んでいる極限の民族と言っていい。顔は、中央アジアの血を引いているから日本人そっくりである。

ぼくが行ったときは、彼らはもう普通の家に住んでいたが、十年ほど前までは氷の家、とまではいかないが、粗末な木や氷で造った、高床式の逆、床の氷をかなり掘り下げたよ

アザラシを狩猟するユピック二人がいるところは海氷の上。
もう少し海側にいくと割れて海に落ちるキケンもある。
落ちてもすぐに這いあがってくるが――。
氷の上では焚火もできないしあとがやっかいだ。

うな、必死の工夫を凝らした家に住んでいたらしい。ロシア政府はこのユピックというネイティブをほとんど放置したような扱いをしていたようだが、アブラモビッチという大富豪が行政にかわってこのあたりの住人たちの世話をしていた、と聞いた。

さて、彼らのアザラシ狩猟だが、方法にはいろいろあるようだった。全てはその年、その季節の寒気による海の凍結具合に左右される。なだらかな斜面に建てられた集落から降りていくとビスケー湾という二つの大きな岬に囲まれた海があり、ここが陸上から連なるようにして氷結していく。だからぼくが行った時期はその氷の上を歩いて行って、まだ凍っていない海と人間が歩ける危うい接点からゴムボートに乗ってアザラシ猟に出ていく方法と、人間が歩いて行けるすれすれのところまで行き、そこから鉄砲でアザラシを撃ち、ゴムボートでアザラシが沈まぬうちに回収してくるという、一通りの狩猟をしていた。

どちらにしてもよほど不運でない限り、数頭のアザラシを捕獲することができる。ゴムボートの上に乗せてきたアザラシは、海氷の上ですぐに解体されていた。その一部始終を見ていたのだが、驚いたのは、解体するとき両手の手袋を脱いで素手でナイフを握り、まずは腹を真一文字に切っていることだった。海から引き上げてきてすぐ解体するという早業に驚いたのだが、あとで聞いてそのわけがわかった。

海にいるといえども、アザラシは哺乳類である。海氷に引き上げ腹を割いたときはまだ体内に熱がある。素手でその体の中の肉を切り取っていくほうが温かいのだという。とはいえ外気はマイナス三十度もあるからアザラシもどんどん冷えていく。慣れているのだろうから当然なのだろうが、とにかく手早く肉や内臓を切り取り、より分けて、またゴムボートの上に乗せる。三頭ほどもそういう海氷上での解体処理をすると、ゴムボートはアザラシの肉や内臓でいっぱいになった。本日も大漁である。

氷結した町の笑顔

ユーラシア大陸のロシアの最東端にプロベデニアという小さな町があるということは前にも書いた。人口は二千人程度。その昔はベーリング海峡をはさんでアメリカといちばん近い場所だったので、冷戦時代はミサイル基地の町として軍人たちがたくさん住んでいた。時代は変わり、今は北極圏に取り残された厳しくさびしい町になっている。

ここでの体験を、冬になると突如思い出す。未来に対して何の発展的な要素も持っていない文明に忘れられたようなところだから、そこで生きる人々との不思議に温かい友好的な時間が懐かしく、いい記憶として残っているからだろう。

気温は昼でもマイナス二十度、夜になるとマイナス四十度前後になってしまう極寒の地で出会った子供たち。みんな廃虚のようになった、空室率が九割ほどもあるようなコンクリート造りの建物に住んでいる。食堂というものは一軒もなく、子供たちが自由に出入り

極寒の中でもあっけらかんの子供たち。
この子らは人口 2000 人程度の
殆ど壊れてしまったような町しか知らないようだった。
やがて美しいロシア美人となって
レニングラードを歩く日がくるだろうか。

できるコンビニのようなものもない。それでも子供らはまことにあっけらかんとした明るい顔をして、街灯もないような凍結した斜面の道をわざと尻すべりなどして遊んでいた。

ぼくはカメラを持ってその忘れられたような極限の町をぶらぶらしていた。まだ真冬にはなっていなかったが、午後二時にもなると、あたりは薄暗くなってきて、四時には夜の闇だ。北極圏というのは面白いもので、そんな早い夜に月が出ると、異常なくらいあたりがその明かりに照らされて、そこに住んでいる人はたぶんその明かりで自由にどこへでも行けるようだった。

車は古い軍用車を改造したような武骨なものと、それでは進めないような凍結した斜面を登るには、無限軌道車といわれるキャタピラ車が使われていた。とにかく全体にそういう全く厳しすぎる環境の中でも生きている町の人々のたくましさに感心していたのだ。

こういうところではスキーやスケートなどがいつでもできる日常的な遊びなのかと思っていたら、もっと寒くなる極夜の季節になると、そのようなウインタースポーツはできなくなると聞いた。理由を聞くと、どちらにしても滑らなくなるからだという。

日本のような国から行くとすぐには理解できない話だったが、理由は非常に単純だった。

あまりにも気温が下がってしまうと、スキーをはいて斜面に立っても、凍結した斜面がスキー板と氷結してしまい、斜めになったまま動かなくなってしまうのだという。スケートも同じような理屈で、スケート靴のとがった刃の部分が氷と氷結してしまうことになる。スキーやスケートはその人の体重による圧力や摩擦で氷が瞬間的にとけて水となって滑ることができるからで、子供らにそのことを教えてもらったけれど、実質的に理解するまでずいぶん時間がかかった。しかしソリはみんなで押して氷結したところで強引に滑るのだという。地球はまだまだ面白いことがいっぱいあるのだ。

極低温を夜霧が包むアラスカ

アラスカの最北端にポイントバローという小さな町がある。冬中ずっと夜が続き、大地と空中の気温差によってたいてい濃霧が出る。

東京に住んでいると、このような霧に閉ざされる感覚がなかなか珍しく、寒さをこらえていつまでもその茫洋《ぼうよう》とした風景を眺めていたくなる。日本の演歌などで頻繁に使われるのは夜霧だが、東京あたりで夜霧に覆われた経験は皆無である。演歌の作詞家はよほど夜霧が好きなようで、その霧にまぎれてしのび会ったり、あやしい方向に向かったりするから、なかなか便利な自然現象なのだろう。

この写真はまだ午後三時ぐらいだが、朝も夕方の三時も同じような風景がずっと続いている。あちらこちらにある街灯がこの夜霧を際立たせ、その真ん中を歩いて行く親子三人連れの背中がなんともわびしい。気温は夜には零下四十度にもなるので、夜に買い物に出

夜霧のポイントバロー。
マイナス36℃の午後。親子三人で家路をいそぐ。
もうシロクマがあらわれてもおかしくない時間だから
親子は用心している。

るよりは、昼間にでかけたほうが安全なのだ。

泊まった安普請のホテルは熱水暖房が強力で、部屋に入って数分もすると重い外套や中のセーター、防寒服などを大慌てでかなぐり捨てないと汗だくになってえらいことになる。だから部屋の中ではなんとランニングシャツにパンツ一枚なんていうことがごく普通だ。

ホテルの出入り口のドアの内側には〝注意事項〟と赤文字で書かれたものが必ず貼ってある。そこには、手袋は必ず二セット持って外に出ましょう、とか、やたらに狭い路地や大きな遮蔽物があるようなところを意味なくのぞき込んではいけません、と書いてある。

ポイントバローの一角には夏になると使われるもう一つの古い村があって、そこには冬は誰も住んでいないので、空腹のシロクマたちが食べ物を探してうろついていることがよくあるそうだ。アラスカの住人に聞いた話では、シロクマを遠くにでも見つけたらすぐに逃げてもシロクマの方が人間の倍の速度で走るから、運が悪いと命が危ないという。大きな爪で、後ろ向きだと背中を切り刻まれ横裂きにされて、凹凸のある氷原に連れ込まれあっという間に食べられてしまうのだという。

そういう恐ろしい話を聞くと、シロクマに見つからないうちにどこか頑丈な箱みたいなものに隠れてしまいたくなるが、いったん人間の匂いを嗅ぎつけたシロクマは、木で造った箱などバリボリと簡単に破ってしまうからかくれんぼ的逃避は無駄だという。よく言われていたように、そこにたおれて死んだふりをしていると大丈夫かというと、生きているか死んでいるかシロクマは匂いで簡単に察知してしまうので、それも無駄だという。

ではシロクマと対面したときはどうすればいいんですかと聞いたら、向かってくるところを落ち着いて鉄砲で撃つしか助かるすべはないと厳しいことを言うのだった。銃など持って行かなかったので、もしそこでシロクマと目が合ってしまったら、もうわが人生ははかなく氷海の彼方《かなた》で消滅してしまうのだという恐怖が本格的に襲ってきた。車で走っていれば大丈夫だというので、逃げ帰るように新しいポイントバローの町へ向かった。

イヌイットの直感

カナダの北極圏、ポンドインレットというところからイヌイット（昔はエスキモーといった）の家族とイッカククジラ狩りに出たことがある。イッカククジラは幻のクジラといわれており、体長は四、五メートル。頭というか、正確には口の上からまっすぐ二〜三メートルの固い角がはえていて、まあ海のユニコーンみたいなものだ。幻のクジラといわれるのはその生態がほとんど明らかになっておらず、五〜八頭ぐらいが群れをなして、氷が溶けるころにある特定のルートを移動していくことだけが知られている。

けれど北極圏の氷解の時期はその年によってまことにあいまいで、一面に凍りついた海が一夜にして半分がた溶けてしまうこともあれば、翌日はまたびっしりと何物も閉ざされてしまうように、まことに気まぐれだ。

イッカククジラは氷があらかた流出した間隙をねらってそれぞれの群れを作ってやって

来るといわれている。その「やって来る」時期がいつだか、皆目見当がつかないのだ。

それを撮影しようとして世界各国から探検隊や写真家などがやって来るが、全てはタイミングと運しだいだ。ぼくが行ったときはまだ海峡はびっしり氷で覆われていたが、そこで半月ほど準備を含めた待機をしていた。

チャーリーという名のイッカククジラ漁の名人が、ある日いきなり「行くぞ」と言った。まだ氷が張りつめているのでにわかには信じがたかったが、北極圏のカヌー漁師らは、張り詰めた氷が溶け始める気配を独特の五感で察知する能力があるらしく、ずんずん進んでいくのだ。小型トラックぐらいのエンジン付きボートとカヌーが二艘。エンジン付きボートは移動していく氷にはばまれたりするが、驚いたことにカヌーは張りつめた氷の上にびゅんびゅん飛び上がって、そのまま流氷の上を滑りながら進んでいく。

そんな光景は想像もしていなかったのだが、彼らは他の人には予測もできないような、何か神がかり的な察知能力があるらしく、とにかくやみくもに進んでいく。もう白夜になっているので慌てて飛び乗ったぼくは、そうやって一日走ったのか二日走ったのか、朝なのか昼なのかよくわからないままに、とにかく突進していくカヌーの中でうずくまってい

イッカクの角を片手に。
前歯の一部がこのような角になったというが
何のためにこんな武器のようなものに発達したのか
いまだにわからないらしい。

るしかなかった。

やがて濃霧がやってきて、行き先がまるでわからなくなる。それでも彼らは陸地があるところを知っていて、そこに船やカヌーを乗りつけるとすぐ、海峡の先から、プハーッ、プハーッというただならぬ鳴き声が聞こえてきた。神がかりとしか言いようのない鋭さでイヌイットの勘はあたり、五、六頭のイッカククジラが現れたときは全身にトリハダが立った。

鉄砲でその中のいちばん大きなイッカククを仕留めた。すぐにその角を取り外す。赤いところが体の中に入っていた部分で、クジラの長さは五メートルほどだった。

まずは、皮を煮て食べる。やわらかいアワビのような味がして実にうまかった。

北大西洋のノロノロザメ

サメは南海の暴れ者というイメージが強いが、けっこう北半球にも生息している。そして北半球のものがサメ界の中で最も大きいといわれている。

ぼくが初めてニシオンデンザメのことを聞いたのはアイスランドを旅しているときだった。サメとしては規格外の大物で、七、八メートルにもなるという。（最大で十メートルのものも目撃されている）しかし、このニシオンデンザメの特徴は、何よりも泳ぐスピードがのろく、時速五キロがせいぜいだというから何とも面妖《めんよう》なるデカブツで、地元の漁師などに聞くと海中で出会ってもそれほど恐ろしくは感じないという。

時速五キロでどんなエサを食べるのかというと、スピードが追いつかないので軽快に泳いでいく魚を追って噛《か》みつくというようないわゆるサメらしい食餌行動はできなくて、狙うのは主にアザラシなどだという。アザラシというのはけっこう間抜けなところがあって、氷盤

（氷山ではなく流れている厚い氷）の上で昼寝しているところを襲う程度だというから情けない。

この巨大なるノロノロザメは大抵両目がカイアシ類の寄生虫にたかられており、視力はあるかないか。だからスピードがのろいというわけではなく、もともとのろいので生きているニシオンデンザメの目に寄生虫がついてしまうのだろう。

このサメを定期的に追っている漁師と知り合い、捕獲する船に乗ってしばらく北大西洋のあちらこちらを走り回ったが、もともとたくさんの漁師が狙う獲物という状態ではないから、その棲息《せいそく》の情報などはあまり共有されておらず、「まあどちらかというと偶然に捕らえるということのほうが多いのですよ」と漁師は言った。

「これほどの巨体でもなにしろ動作がのろいので捕まえるのはそれほど難しくもなく、見つけたらフックで頭部を捕らえ、そこにロープを巻いて岸に引き上げてくる程度です」

と笑って言った。

この漁師がニシオンデンザメを獲るのは食用にするためだが、何しろ変わったサメなのでサメ特有のアンモニア臭がすさまじく強烈で、捕まえてきたそれを処理するのは大変な労力を強いられるらしい。

この写真は八メートルほどのニシオンデンザメの半身《はんみ》をクレーンで引きあげたところだが、これから堤防の上でこの巨体をさらに切り刻む。大木のようなサメだからその作業だけでもきちんとやろうとすると丸一日はかかってしまうそうだ。最終的には長さ二十センチ、幅五センチぐらいの肉片にして、ひも掛けしたものをつり干し場にぶら下げる。干し場のまわりには全体を覆う大きな鉄網というより、鉄の檻《おり》のようなものがかけられており、これは海鳥などが襲うのを防ぐためだ。

その中に入ると猛烈な臭気で息がつまるほどだ。匂いの質は日本にもよく似たものがあって、これは伊豆七島などで好んで食べられているくさやをもっと強烈にしたようなものだ。三カ月ぐらい干すと、乾燥してまあ人間が食べられるぐらいに匂いも薄くなるが、かじってみるとやはり酒の肴《さかな》ぐらいにしかならないように思った。

アイスランドの大物ニシオンデンザメの水揚げ。
これが“下半身”だ。
動作はサメ界の中でも一番ノロマで時速5キロがやっとという。
自然界にはまだまだ興味深いものがいっぱいある。

四川省の熱き戦い

二十年近く前に『からいはうまい　アジア突撃極辛紀行』（小学館）という本を書くのにあたって、口に入れるとたちまちヒーハーヒーハー化する主に辛い香辛料やそれを使った料理などをルポ取材していた。その折に、これまでぼく自身が世界のいろいろな国で食べてきた辛いものの記憶を引っ張り出し、外国編として加えた。しかし特に世界のいたるところを歩いて、辛いものを徹底追求するわけでもなく、まあ、いきなり出会った辛いものについて思いだしながら書いていくというものだった。

ひとつだけ、辛いといえば韓国ではないかという取材チームの共通認識があったので、韓国にはチームを組んで半月ほど、いろいろな辛いことで有名な食べ物を体験してまわった。確かに香辛料で辛いものは韓国どこでもお目にかかれるというか、舌にからめるというか、まあ突如として味わえるものもいくつかあったが、当初思っていたほど辛いものづくしの旅でもなかった記憶がある。

それよりも世界のいろいろなところでこれまで出会った辛いもののランキングを作るとしたら、やはり中国四川省の料理全般は、油断のならないたくさんの辛さを提供してくれるようだ。

次ページの写真は「火鍋《ひなべ》」というもので、今は、日本でもこの火鍋を食べさせる店がだいぶ出てきたけれど、ぼくが食べた二十年近く前の火鍋は、まだ日本ではほとんど知られていない頃の、本物の強烈な辛さにぶくぶく泡立つ、簡単にそして大げさに例えれば、火山の火口みたいなオソロシイぐつぐつヒハヒハ鍋であった。

真ん中の仕切りは辛さを分けている区切り板で、あんまり辛いものは苦手という人はこの仕切りの上のほう、しかも中心からずっと遠い鍋のふちのほうをすくって食べるということになっている。

この中の成分は、豚や羊などの肉に、トウガラシを中心とした辛み、さらにそのとき店の人に説明を受けたが、とても読み込むことのできない本物の中国文字で書かれたいずれも素性《すじょう》の違う香辛料が十いくつも入っていて、これらが互いに辛さを張り合いながらぐつ

マグマのような火鍋。
サディズムナベとも言っていいようだ。

ぐつ煮え立っているんだよ、と店の人が笑いながら言っていた。

四川省といえば中国で最も辛いものを食べさせるところとして有名だから、多少、店のおやじの「どうだ、まいったか」的、サド的笑顔があったようだ。

それにしてもぼくが四川省のこの一、二を争うという火鍋屋で辛さのタタカイを挑んだ頃はまだ恵まれていて、本当に涙やハナが出て、ある程度の分量を越すとその日の夜じゅう、胃からその周辺が火山のマグマのごとく燃え立っているという評価もあながち大げさではないように思った。今ではこの四川省名物火鍋も時代とともにだいぶソフィスティケートされて、黄金期は過ぎたという話だ。

平和なインド的風景

若い頃、インドを旅していたときぼくは幼稚で下世話な興味を全身にみなぎらせてあるいていた。子供の頃からそのくらいの若造になるまで「インドといったらカレーだな」と思いこんでいたのだ。どこへいってもカレーばかりでほかの食い物はない、と書いてあるいいかげんな本を読んでしまった影響もある。

たしかにインドにいくとそこいら中でカレーを食っていた。しかし日本のカレーの常識とはちと違う大変数多くのスパイスをつかって調理に時間をかけ、その店あるいはその家のカレーの個性的な味をだすことに汲々としている、ということがよくわかってきた。

どれも味が違う。そこに至って「カレーはインド人の味覚の基本」にすぎずそれぞれの店、あるいは家庭が自分の家が先祖の頃から伝えてきたカレーの味、その家によって繊細に異なるスパイスと火の芸術でなりたっていたのだ、ということに気がついてきた。

たとえは非常に雑駁《ざつぱく》になってしまうが、日本の各家庭、各地方によって微細に違う「味《み》噌汁《そしる》」の世界に似ている。

日本には「手前味噌」という言葉があるようにへりくだりながら実は最後まで自分のところの味を誇っているのである。

インドを旅しているとそういうことがわかってくるが、土地や店の味の差は相当な回数そのエリアその土地の店にかよい続けなければ相手が納得するような感想は述べられない。

そしてまたわかってくることはインドにも沢山あるインスタントのカレーというものの地位がまったく低い、信頼していない、という当然といえば当然の事実だ。

話はまったく関連なく変わるが、インドといえばもうひとつ「コブラの笛踊り」だ。カレーの思い込みで失敗したのであのターバンを巻いたコブラ使いが、そこいら中でコブラを踊らせているのはトキタマのことであろう、と現地に行って考えなおした。ところがこっちのほうはこれまで日本に伝えられていたよりはわりあい簡単に出会えた。たいてい木陰のあるところにいた。

はじめて見たときはいきなりだったのでまあそれなりにショックだったが、思いがけな

わりあい簡単に目にするシーン!?
コブラの踊りはしばらく見ているとけっこう色っぽい、
ということに気がつく。
そんなコトを思うのはぼくだけだろうけど……。

くもコブラの踊りは優雅でもあった。ぼくが最初に見たのは大きいのとそれよりいくらか小柄なやつ。本当に笛の音にあわせてひらひら感度よく踊っている。でもコブラは耳が聞こえないので、笛の音に合わせているわけではなく、左右上下に動く笛を見てコブラは身をくねらせるので、それが音楽にあわせて踊っているように見えるらしい。

慣れているからなのか、そこらにいる人をふいに襲う、などということはなく、いたって平和なインド的風景だった。それよりも圧倒的に恐ろしかったのはベトナムの五メートルにもなるキングコブラの踊りだった。シッポをつかんであちこち動かすのでもの凄い恐怖だったが、それはまたいつか。

パラグアイの毒ヘビ島で

パラグアイにパラナ川という大河が流れている。河口に近づくにつれて支流がいくつかわかれているが、それによって三角州のようになった島々がいくつも点在している。そのあたりはコカインの流通ルートとして知られているが、人々の生活は極貧そのもので、常食はワニかアルマジロというワイルドなものが最大の栄養源となっている。

水は、支流のジャングル中を流れる川の水とはとても思えない砂粒の混じった泥色のもので、これを器にくんで泥の沈殿を待ち、その上澄みをするという程度のもので、かろうじて生きているという環境だった。

小さく分かれた部族があちこちの三角州に分散しており、その中のフェガチニ村というところに行った。ここらはグアラニー語をしゃべるのだが、これはさっぱりわからない、いわゆる極端な方言のようであった。

「フェガチニ」とは何なのか聞いたら「毒ヘビ」の意味だという答えが返ってきた。うわあ、つまり「毒ヘビ村」なのだ。そのヘビはガラガラヘビ系のけっこう大きなやつで、脱皮のあとなどがあちこちの小枝に引っかかっている。その長さを見ると、なるほど一・五から二メートルはありそうで、住民に聞くと、たいてい誰もが二、三度、自分の近くをくねっていくのを見たという。

そういうヘビがいたるところにいる中で、この小学生から中学生ぐらいの女の子たちはほとんど裸足でそこらを走り回っている。人間は環境に順応するものだとよく言うが、まったくストレートにそのことの現実を見せてもらった思いだ。

次ページの写真に写っている木の建物が小学生も中学生も兼ねた年齢の区分のない学校で、宣教師らしき女性が先生をやっていたが、われわれの行った時期が乾季の真ん中でとにかく頭がくらくらするほど暑く、ちょっと島を一回りすると日陰と水が欲しくなり、多分それは、どうもぼくが初めて体験した熱中症の兆《きざ》しのようだった。子供たちは木陰に入って、特になにをするでもなくぼんやりあたりを眺めているということが多い。

生産社会がまるで機能していないので、働きたくても働き口が全くない、というのが現

5〜6年前までは裸族のような生活をしていたという。
今はやっと行政の手が入り、衣服を着る生活になっている。
この建物は小〜中学校であり、その入り口だ。

実なのだから、それも仕方がない。それでも壮年の人はどうやら国から貸与されたらしい銃を持っていて、もっぱらワニの捕獲のために端《はた》から見ていてもかなり危険そうな、もしかすると近くはヘビだらけではないかと思えるような深堀の水を越えて、泥の混じった浅瀬にいる登りワニを見つけに行く。

その人が仕留めてきたワニはしっぽをつかんでぶら下げても頭が地面につくぐらいの小さなものだったが、島の人に聞くとそのくらいの大きさのワニが調理もしやすく、肉もやわらかいから重宝するのだと言っていた。この肉にパルミットというバナナの芽を添えて煮て食べるのがごちそうだと言っていた。

アマゾンの高級鍋

アマゾンの上流までのぼりつめていくと広大な、日本的にいえば「洪水」状態がひろがっている。五カ月間ほど上流から休みなく流入してくる氾濫川によって地形が変わってしまうくらい水域が広がっているのだ。

ベレンの河口から六千キロほど上流に行った先は奥アマゾンとよばれ、そこから上は雨季には正確な地図が描けない。ヨーロッパ全土の面積に匹敵するぐらいのエリアに長さ二千キロ前後の川が何百本も集まってきていてその年によって流路が変わるからだ。

その奥アマゾンの入り口近くの村は乾季の頃から十メートル前後水面が上昇し、それが半年ほど続く。

村があってたくましい現地の人々は高床式の家やイカダの上の小屋での水上生活をおくる。イカダは浮力のある太いバルサ材などを使うことが多く、流されないように頑丈な根を張った樹にワイヤロープでしばりつけておく。雨季に入って水面がどのように上下しても家（小屋）はイカダごと上下し、やがて乾季になるとどんどん水量が減っていき、最後はドスンと大地に落ちつく、というエレベーター家屋と呼んでもいいような工夫がなされている。

雨季の終わり頃にそのような家の一軒にお世話になった。泊まった最初の日にその日の夕食を聞いたら「サルよ」とおしえてくれた。暇なのでどんなふうに猿を解体するのか見ていたが、まず長い尻尾を軒下にぶら下げる。アンコウの吊るし斬りのようなものだろう。その家の主婦は小さなよく切れるナイフで尻尾のほうからていねいに毛皮をそいでいく。年季が入っていて手際がいいのか、もともとそういうものなのか案外簡単に全身の皮をはいでいった。

全身の毛皮をはぐと筋肉やその他の肉があらわになって、全体がどうも人間の小さな子供のように見えてしまうから、あまり詳しく見ているものじゃないな、と思った。

内臓は捨てるが、いろんな部位の肉を切りわけていき骨も残す。それらを大きな鍋に入れ、同時にジャガイモとキャッサバを切ったものを入れあとは普通に煮込んでいく。途中

アマゾン原住民の主婦の手料理はサル料理だった。
インディオだけサルを獲ることが許されている。
サカサ吊りにして小刀で器用に皮をむいていった。
小さく切ったサル肉とジャガイモを煮る。味は塩。
翌日はナマズ鍋。ワニ鍋のこともあるという。
ワニはこのイカダの回りを常に泳いでいる。

でシオらしきものをふりかけており、味つけはそのくらいだった。この鍋料理の名前をつけるとしたら「サルジャガ」ということになるのだろう。

やがてできあがり、そこの家族とぼくのような居候《いそうろう》が器を持って並び、日本でいうオタマで鍋のなかのものを狙いをつけて自分の器に入れる。ぼくは細長くて真ん中に骨が見えるものをまずためしに選び、芋類をいれた。

味は全体に獣くさいような気がしたが、猿の肉はこれまで食べてきたいろんな動物のなかでは牛肉に近い味だった。けっしてまずくはなく慣れると「高級料理」になるような気がした。猿は吠《ほ》え猿で、そのあたりの木にいっぱいいる。彼らのようなインディオ（原住民）らだけが狩猟できるらしい。

小舟でホエザル狩り

アマゾンの雨季と乾季の風景の違いといったらすさまじい。季節はその二季に分かれていて、どちらも半年ぐらいで状況は一変する。ぼくが行ったときは雨季の終わりのころだったが、もうアマゾン川の川としての形態は定かではなく、あたり一面が平常時より十メートルほど深い水深をもって広がっている。いたるところが水に覆われたジャングルの林間部分が丸く取り残されていたりして、ぼくは初めてその風景を見たときには頭がくらくらするようだった。

通常、世界の大河は上流に行くにつれて川幅は細くなっていくものだ。しかしアマゾンは上流域に二千～三千メートル級の大きな川が何本もあって本流に流れ込んでくる。それぞれ枝分かれした支流が数百本集まってきて、最後はアマゾン川の奔流に合流し洪水状態となるのだ。およそ半年間洪水になったままのエリアにもたくさんのネイティブが住んでいて、大体の家が浮力のあるバルサ材などを組んでその上に住居を建て、流されないように太い木の根などにいかだの一辺をしっかり結び付けている。

そういう民家の何軒かを見て歩き、滞在中寝起きさせてもらったが、行ってみるまで想像もつかなかったのは、アマゾンの奥地はものすごく騒々しいことだった。たくさんの獣は水から逃れるために木々の中を動き回り、鳥たちは渇水期も増水期と同じように高いこずえのエリアを飛び交っている。それらの動物や鳥たちが毎日すさまじい声で鳴き叫ぶ。

特にすごいのはホエザルのオスの咆哮《ほうこう》で、これは最初のうちは数百匹の群れが、人間的な感覚ですれば、ほぼヤケクソ状態になって力と声のかぎり集団で叫びまくっているように聞こえた。鳴きはじめは空がいくらか白々《しらじら》としてきた頃で、そのホエザルの声だけが洪水地帯を強引に覆っているという感じだった。

ホエザルのオスが叫びまくるのはなわばりの主張とメスを呼び集めるためらしいと聞いた。日中はさしもの咆哮も収まるけれど、夕方近くなってくるとまたあたり一面の濃密にからまった樹木の中からすさまじい吠《ほ》え声が聞こえてくる。鳴き声のものすごさは紙とペンなどでは表現できない、むき出しの荒くれた自然界の音なのだ。最初の頃萎縮していたぼくは、慣れてくるにしたがってこの朝夕の強烈な儀式の鳴き声の中で結局毎日呆然《ぼうぜん》としていた。

ホエザルは結構大きく、これは世話になったインディオの食料として捕獲されているのを見て、間近でその大きさを実感することができた（前章）。インディオはサルを捕獲してそれを食べることが許されているらしい。ぼくが最初に泊まった家の夕食はそのホエザル一匹を大きな寸胴鍋に入れてジャガイモと煮た料理「サルジャガ」だった。

そういうものを食べながら暮れてゆく大アマゾンの水面を眺めていると、目の前をさまざまな小舟が行く。現地ではこの小舟をカノアと呼んでいた。狩りに出た家族が食料の獣か魚を持って帰ってくる風景だった。ちょいとした夕刻前のおつかいというわけだ。

家路を急ぐカノア。
あたりのジャングルからは
ホエザルのすさまじい鳴き声がひろがっている。
いたるところに4メートルクラスの黒イルカとピンクイルカがいて
わざと驚かすようにジャンプする。

その日はらりと
風に押されて

無知なるダイビング

三十〜四十代の頃ダイビングに夢中になっていて、日本はもちろん、世界のいろいろな海に潜ってきた。島国日本にも、場所によっては世界のダイビングのビューポイントに勝るとも劣らないエリアがけっこうある。先島諸島、沖縄諸島など島がたくさんあるところでは、船からエントリーすると、潮流の変化さえ理解していれば、海外の海よりも〝安全〟に青い海の世界を楽しむことができる。

安全というのは、日本の場合、ホオジロザメに代表される巨大で危険なサメ類が少ないことだ。逆に、海外のダイビングポイントで潜ると、南の国々のダイビング関係者はけっこうのんびりしている場合も多いので、恐ろしい目に遭ったこともある。

その頃、ぼくはオーストラリアのグレートバリアリーフをダイビングボートで南から北上しながら、毎日、昼も夜も潜っていた。海域によってはジョーズのふるさとみたいなところもあって、油断がならない。

一口にサメといっても何十種類もあって、大きさも気性も違うというのが、潜って実際にサメを見るとよくわかる。こちらから何かちょっかいを出したり、あるいは傷があってそこから血が流れているようなときは、うっかりするとわが身がどうなるかわからないが、やはり怖いのはホオジロザメ系とシュモクザメだ。

シュモクは見るからにヘンテコな形をしており、頭の左右に巨大なトンカチのようなでっぱりがあり、これはホオジロザメよりも気性が荒いという。

それらのサメが獲物に食いつくところも海底でややフルエながら（ぼくが）見ていたことがあるが、人間の太ももぐらいある大きなバラクーダーの胴体の真ん中あたりに噛《か》みつき、自分の体を回転するようにして噛み切っているのをはじめて見た。サメの歯がいかに凶悪であっても、ただパクリと噛むだけでは人間の太ももほどもある魚の胴体を一撃《ヒトクチ》で噛み切るまではいかず、噛みついたあと全身を回転させてねじり切るようにして真っ二つにするのだ。

ねじり切った半身はサメの口の中にもう入っているわけだが、切り取られたバラクーダ

素っ裸で潜りサメにうろたえるシーナ。
スタビライザーもつけずにぐんぐん潜っていた自分を見ると
若さとはバカさだ、とつくづく思う。

ーの切断面が巨大なハムをやはり巨大な包丁で断ち切ったような形になり、そこから血煙が上がる。その臭いに引きつけられて次々と同じ巨大なトンカチのような頭をしたシュモクザメが集まってくるのを見て、心からぞっとしたものだ。

サメは水中で見ると、いかにも攻撃的な流線形をしており、遠くから見るとジェット戦闘機のように見える。腹やヒレの下に五十センチはあるコバンザメを何匹かくっつけているのを見ると、ちょうど戦闘機の翼の下のミサイルのように見える。なるほど、近代科学が作ったものは、それよりもはるかに遠い昔から形をととのえてきた海の攻撃的生物の形態を模しているのだなあ、とやはり海の中でフルエながら感心して眺めていたものだ。

サメ狩り

前回に引き続いてサメに関するお話です。

ダイビングや海の世界の小さな航海に凝っていた頃、ニューギニア諸島の北東部あたりにあるトロブリアンド諸島に、一般的にはあまり有名ではないけれど、海洋博物誌ではマリノフスキーの「西太平洋の遠洋航海者」という名作ノンフィクションなどで世界の海洋学者が注目していた、唯一のとてつもなく壮大な島々を舞台にした〝クラの儀式〟というものがあるのを知った。五、六人乗ればいっぱいの粗末な木の船に乗って、われわれの感覚からいえば、ムシロを帆にしたような危なっかしい装備で、いくつかの島々を右回りと左回りに、島ごとで交代しながら遠征する儀式があった。粗末な船での遠征だから、海難による死者なども相当出ていたという。

その本を読んで、海の駅伝競走ともいうべきその儀式に興味を持ち、ひとつの拠点となる島に行った。祭典の準備のために大人たちは何カ月も前から海洋レースに出るおんぼろ船の修理や、これは女性たちの仕事だったが、できるだけ強く軽い帆にするための植物の繊維の手編みなどをしながら、海洋民族独特のにぎやかな笑い声をあげていた。その間、ぼくは島の中を歩き回り、さまざまな人の南洋海洋民族の生活ぶりを眺めている、というシアワセな時間を過ごしていた。

彼らの主食はタロイモやヤムイモ、おやつがわりのヤシの果汁やそのまわりのコプラをかじるぐらいだから、どうしても動物性タンパク質が不足してくる。まだイノシシから完全にブタになりきれていないイノブタの飼育という海洋牧畜民などもいた。けれど動物性タンパク質の摂取しやすい狩場は海である。島のところどころをスキンダイビングで潜っていくと、もうそんなところにまで大きなサメが寄ってきているので、逃げ帰ることが多かった。

時折小さなカヌー船団を組んでサメ狩りに行く。ぼくも二、三度それに同行した。大体十〜十五艘のカヌーで一斉に沖に出ていく。捕獲方法は釣りだった。大きな工事用のフックのような針に、ニワトリを適当に切った、それでもひとつ三百グラムはありそうなかた

浜辺に引き上げられたサメたち。
まだ生きているから不用意に口の近くに手や足など置くと
噛みつかれることもあるという。
食用にするサメは小型のものが選ばれる。
臭みが少ないという。

まりを海に放り投げる。サメを呼ぶために、ヤシの外側を名も知らぬ木に束ねて鳴り物道具にしたようなもので海面をガシャガシャ叩くと、間もなく餌を仕掛けたロープがグイと張る。サメがかかったのだ。

カヌーには大人が大体三人ほど乗っていたが、みんなで力をあわせてそのロープを引く。やがて二メートル前後の、この地区では小型のサメがかかってくる。水面に暴れながら上がってくると男たちは手にした堅い棒でサメの頭をガンガン叩く。殺してしまうのかと思ったが、そうではないのが後でわかる。

男たちはその棒をサメの口の中にだいたい二本突っ込んで、てこの応用で口を大きく強引に開き、飲み込んだ餌のニワトリを引っ張り出す。そうして半殺しのまま浜に引き上げてきて、生きのいいサメ料理にするのだ。

サメの直火焼き

さらに、トロブリアンド諸島のサメ狩りの続き。

釣ってきたサメは波打ち際でとどめを刺し、腹を割いてワタを出す。このへんはカツオやマグロと一緒だが、何しろサメだからはらわたもごつくていっぱいある。これをそっくり出し、身は焚《た》き火の上に置いて丸焼きにする。大きいけれど両面焼くのに三十分ぐらい。それからブロックごとに分けて食べる。普段、タロイモやヤムイモなどイモ類ばかり食べているから、サメ肉は彼らにとっても特別なものらしい。

こういう野性の海洋民族だから大きな串刺しにして、そのままちょっと火であぶったぐらいでかぶりつくのかと思ったら、意外にこまやかなのでちょっと驚いた。

ずっとその様子を見て写真など撮っていたら、この段階になって彼らはぼくを手招きしてくれた。相変わらず何を言っているのか詳しくはわからないが、状況とその様子で、

サメは1匹まるごと焚き火で焼いていたが、
心臓や肝臓などもオキ火になると
こうしてじっくり焼いて食べていた。

「おまえもこっちへ来て、食え」

と言っているのだとわかる。

そこでぼくもさっそく仲間入りをした。これまでにもサメ肉は食べたことが何度かあるが、みんなフライパンの上に乗せて焼くステーキ風だったので、サメとはいえカジキマグロのステーキを食べているようで、まあフツウにおいしい、という程度だった。ここでの釣り上げてすぐ解体、すぐ焼肉、という新鮮な食べ方は、これまでのステーキ風とは違って、やはり野生の味がする。

彼らが焼きながら時々かたわらにある器から水のようなものを振りかけていたのだが、それはどうやら海水のようだ、というのが適度な塩味でわかった。

もう何日もこの島にいるので、サメの直火焼きを囲んでいる男たちとも顔なじみになっていた。ニンゲンというのはどこの民族でも、おいしいものを前にすると嬉《うれ》しい顔になり、笑いも出てくる。彼らがしきりに何か言っているのも、今日の焼き方はうまくいった、とか、このぐらいの大きさのやつが一番うまいんだ、などと言っているのだろうなというのが自然に見当がつき、ぼくもまるで彼らの言っていることがわかったような顔をして、笑ってさらにたくさん食べると、彼らはそのあたりの部位では一番うまいだろうと思われる新しいベリーレアぐらいのじゅくじゅく脂のはじけているかたまりをぼくに渡してくれる。

まわりには何匹も犬がいて、時おりその犬たちも待っていれば放り投げてくれるまだ肉付きの骨や内臓などを嬉しそうに競い合いながら食べていた。

やっぱり焚き火料理はどこでどんなものを食べてもみんなうまくてたまらないんだな、ということを実感し、海洋民族ならではの喜びを共有したのだった。

この島にいる間、別の部族のところでもサメの焚き火焼きを体験し、そのたびごとにぼくの顔や体もネイティブ化していった。

こころ優しきバリ島

観光の旅でけっして裏切らないところをあげろ、と言われたら躊躇《ちゅうちょ》なくバリ島といいますね。インドネシアのなかでは突出した「優しい島」だ。ここだけヒンドゥ教（本国はイスラム教）だが、インドのヒンドゥ教のような厳しい戒律はなく、万物に神が宿るという多神教の一種だ。山や木や川や花や風など、とにかく身の回りのあらゆるものを崇《あが》めるのだ。ソフトヒンドゥとも呼ばれている。

ぼくは外国の旅のとき安宿に泊まるほうが多い。極端な場合はテント泊で、それはぼくの行っているところにホテルというような清潔で楽できれいな場所がない場合が多いのだけれど、進んでテント泊にすることも多い。地元の人がけっこう訪ねてきて何か食べ物をくれたりする。

たとえばバリ島に行ったときもテント泊だったがそれは登山のためだった。アグン山という三千メートルを超す神の山があり、それより低いキンタマーニという、日本ではあまり大きな声ではいえないような名称の山もある。アグン山から下山したとき一度ぐらい思いきり豪華なホテルに泊まって旅のアカを流してみっか、ということになった。

高級ホテルとはいえ料金は日本と比べるとメチャクチャ安い。けれど豪華なコテージなどに泊まると三人なのに五つぐらい部屋のある大きなつくりでバス、トイレなど三個所にあってどこを使えばいいのか困るほどだった。ルームサービスで夕食などを頼むとその料理の種類や量やうまさなどどれをとっても大変なことになっている。はたしてこの値段でいいのだろうか、間違っていたのではないのだろうか、などと心配になるほどだった。でも日本の高級リゾートホテルなどに比べると料金は五分の一ぐらいなのだ。

この島を歩くといたるところで土地の人の微笑に出会う。小さな川の岸辺で道端の花にむかってひざまずきひっそりと何事か祈っている老婆などがいる。いたるところに日本でいえば道祖神のようなものがあってその前に花や果物などをささげている光景にであう。

もうひとつは、ほぼ村ごとにしょっちゅう祭りが行われていてそれに行きあう。村単位のまつりだから集まる人もそんなに多くはないけれど、祭りそのもののにぎわいはなかなかのものだ。

日本と違っているのはいわゆる香具師《やし》の店などがあまりないことだった。あまりにも頻繁にあちこちで祭りがあるのでバリ島の香具師も数でカバーしきれないのだろうか、と一瞬思ったが、そんなケチなハナシではないとわかったのがこの写真だ。

ある小さな村でのまつりに行き会って、しばらく眺めることにした。そのとき近くの道にこのブタの丸焼きがあった。大きくて太い鉄の棒に突き刺され、まんべんなく焼かれている。すでにうまそうなところが切り取られているが、近づくとそのあたりの温度がほんわり熱くいい匂いがそこらに漂っている。まわりの人に聞いてわかったのはある篤志家《とくしか》が寄贈したもので、誰でも好きなように食べていいらしい。これもこの島の贅沢《ぜいたく》な風景だ。

でっかいブタの丸焼き ご自由にどうぞ、という光景だ。
おまつりで何か売って儲けよう、
などというケチな考えはないようだった。
ひとつの角を曲がる
隣村のまつりに出会う
といわれるくらい休日のまつりめぐりはとても楽しい。

チベットの肉売り場

　どこの国でも、ぼくはまず最初に市場を見に行くことにしている。途上国の多くの市場は、それぞれ専門の業者が集まってきて、一つの屋根の下で家業で得られた品物を売っているというケースが圧倒的に多い。けれど、それでは全く無統制になってしまうので、ある商品ごとにそれぞれの区画を決めて集まり、客への利便をはかっている。

　この写真は、チベットのラサ周辺にある市場の羊の肉を扱っている店が集まっているところ。ご覧のように、羊はだいたい一頭ずつ皮を剥《は》がれて吊《つ》るされている。客も目利きが多いから、一頭ずつよさそうな肉を見極め、それを買っていくようになっている。一頭分もいらないときは、魚ではないけれど、半身だけ買うなどということもできる。

　この写真でなたを振り上げているのは肉屋さんで、叩《たた》き切るのを手伝っているのは客である。なにごとか両者でにぎやかにしゃべりながらこの解体作業をしているのだが、どち

チベットの市場にて。羊や牛を売っていた。
このくらいまで解体してあると「小売り」らしくなる。
チベットは売る方も買う方もすべてホンネだから
どこへ行っても気持ちがいい。

らも笑顔混じりなので、「この肉を選んだあんたの目はなかなかのものだよ」などと肉屋のおかみが言い、「まあ、長いことおたくで羊を買っているからねえ」などとお客が言っているのだろう。

日本では、どんな動物の肉でもこんなふうにむき出しのものを目の前で叩き切って買うということなどまずないから、見ていて実にうらやましい。そうしてこのような骨付きの肉はいかにもうまそうだ。

モンゴルの羊肉もこのようにして売っているが、モンゴル料理は決して肉を焼いたりしないので、一頭ごと買っていく人は、羊一頭丸々大きな缶に入れて蒸し焼きにする。しかしチベットの場合は、蒸し焼きよりも焼くか煮るかの料理法が多い。焼くのもいろいろな方法がある。南米などでは店の前で火をおこし、その上に羊一頭分を突き刺した鉄の棒をぐるぐる回しながら焼く、一種のデモンストレーションを兼ねた店などがあるが、チベットにはそんなふうな店もない。

購入したばかりの羊の肉は、それぞれの家の台所の近くに吊るしておき、その日食べる分を包丁で鋭くそぎ取っていく方法が多いようだ。肉付きの骨のスープなども作られ、いい匂いをあたりにふりまき、やはりそこでもぜいたくな風景になる。

茹《ゆ》でた骨の軟骨部分は子供や犬に与えられる。子供にとっては軟骨のコリコリしたあたりを口に含んで、あっちに動かしこっちに動かし、と半分遊びながら骨の髄までかじり取ってしまう。小さいころからそんなふうに育てられているので、どこの子も見事に力強い歯の持ち主だ。スープで数日コトコト煮てあるから、生の骨よりは少々柔らかくなっているが、そんな遊び食いが結果的には歯みがきの効用となり、歯みがき粉や歯ブラシなど使わなくても、虫歯ひとつないたくましい歯を育てていくのである。

怖くて美しいチベットの女神

神様仏様についてほとんど知識も理解力もないバチアタリ者だが、外国で仏教寺などに行きあたると、素通りしたらそれこそ本当にバチがあたるような気がして、寺院のなかに入って拝礼することが多い。

そのとき同じ宗教なのに国によってその「ありよう」がずいぶん違っているのを知り、そんなことから宗教とはなんだろう？　などと考えたりする。もっともいくら考えても何もわからないのが無念でもあるのだけれど。

この写真はチベットのある古寺で見た仏様である。チベットにはいろんな仏様がおわして、その仏像もいろいろあるのだが全体にみんなこんなふうに美しくて怖い。

こういうホトケサマを前にするととにかくひれ伏してよく意味を理解していない念仏なんかを唱えないとまずい！　という気持ちになる。この仏像は「女」のように見えるけれ

ゴンパ（寺）にいくと必ず会えるチベットの女神。
相当に美しい……が
じっと見つめていると
何もかも見すかされているようで。相当に怖いのですよ。

ど「男女」の区別はとくにないようにもみえる。

この仏様は全身金色だけれど、ほかにも全身真っ赤だったり緑色だったりする仏様もある。そしてみんなこんなふうに憤怒の表情をうかべているので、ひとりでそういう仏様の並んでいるところにしばらくいるといささか怖くなったりする。自分のいろいろやましい人生のアヤマチを見透かされているような気持ちになり、思わず本気でひれ伏したくなる。

その逆にやや太り肉《じし》でほんわり微笑の気配のする「ターラ」というのははっきり「女」の仏様でなかなか魅力的だ。そうしてまことにバチアタリせんばんながら、あろうことかそのお姿を見て色欲などというものをひそかにもよおしたりするのだ。逆効果だ。ターラには全身が白い「白ターラ」や「緑ターラ」などいろいろあって、それぞれ役目が違うようである。

チベットの仏像でなによりもドギモを抜かれるのは「歓喜仏」である。「交合仏」などとも言われてもいる。どんな状態の仏かというと「男」の仏様があぐらをかいて座っておりその上に「女」の仏様がこちらに背をむけて腰をおろして「男」の仏様に抱きつき、少し横向きになってキスをしている。

全体は完全に一体化しており「歓喜仏」の意味はストレートにわかる。それが寺によっては四メートルぐらいの大きさで中央に鎮座していたりするのだから初めて見たときはしばし唖然《あぜん》としたものだ。

しかし、男女がそういう恍惚《こうこつ》の状態にいる瞬間が精神感覚的にありがたい頂点に達している、ということをあらわしているのかもしれない。ありがたやありがたや、なのだ。なにかに憤怒している仏様も歓喜している仏様も妙な説得力がある。

ミャンマーも仏教徒の多い国だが、ここの象徴はパゴダと呼ぶ仏塔で、これは全体が「重ね餅」のようにやわらかい曲線を描いており、仏様もチベット仏教とはまるで違ってほんわり穏やかである。それが古代中国をへて日本に流れてくると、仏像の顔はいきなり微笑とはちがうなにかとりすました穏やかな表情になって人間味が薄れていく。そこのところが妙な不満と思うのはイケナイことなのだろうか。

ラサから八百キロのところで

チベットは平均高度四千メートル以上ある途方もない山岳高地が続いている。中心街のラサで三千七百メートル。このラサまで以前は長いこと、徒歩や牛馬を使って行くしかなかったが、やがて成都との航空路ができて飛行機で簡単に富士山の八合目ぐらいの高さのラサの空港まで行けてしまうようになったし、今は高山列車も開通して行きやすくなった。けれどいきなり四千メートル近いところに行ってしまうので、外国人はきちんと高山病対策の薬などを飲んで行かないと、悪くすると到着したとたんに高山病を発症して、ひどいときは死に至る場合もある。実際にかなりの人が命を落としているのだ。

チベットの人々は熱心な仏教徒がほとんどで、彼らの一生の願いや目的は、チベット仏教の聖山であるカイラスへの巡礼を果たすことだ。ラサからカイラスまではおよそ千キロ。ここに至るまでは四千〜四千五百メートルぐらいの高山地帯を進んで行くしかない。巡礼の方法はいろいろあって、時間のある人は歩いて行くし、村単位でトラックの荷台に大勢が乗り込み、集団で移動していく方法もある。最も尊敬される巡礼の方法は、五体投地拝礼という体を折り曲げて大地に頭を打ち付け、下半身をずり上げて立ち上がり、両手をあわせてまた大地にひれ伏しながら進んでいく拝礼の仕方だ。

テレビなどで時々、この見ているだけでも全身が疲労してくるようなすさまじい拝礼を、人間しゃくとり虫のようだ、などと表現する人もいる。この苦行に近い拝礼の仕方は、自分の身の丈ずつじわじわと千キロの道を進んでいくというところに深い意義がある。しかしこれは途方もない時間がかかるのも事実だ。若い人からかなりの年配の人まで、強烈な太陽の下、バタンバタンとうち倒れるようなかたちで移動していく様は、初めて見る者には息を飲む風景だ。

次ページの写真の二人は若い夫婦で、この五体投地拝礼をしながらカイラス巡礼をしていて、今は昼の休憩および昼食をとっているところだった。カムという地方からやってきたのだと話していた。

この二人の他にもう二人、五体投地拝礼をしないで歩いて進んでいく仲間がいて、その

長くきびしい巡礼の旅を続けている。
喜びは夫婦でいつもいられること。
こうして苦楽を共にできることだ。

二人がいろいろな荷物を持ち、若夫婦の挑戦のサポートをしている。サポートの人は簡単にいえば、寝具や食料などの生活基本用具を持って、その日その日、目的地まで先回りして、簡易テントを張り、若夫婦がやってくるのを待っている。そういうサポートがないと生活用具を背負って五体投地拝礼をしながら進んでいくのは到底無理なことだ。

日本のテレビなどで時々この五体投地拝礼の姿を映すとき、苦しそうな表情ばかりをとらえて「彼らはなぜこのような苦行をするのでしょうか」などとナレーションがあったりする。でも休憩のときはこんなふうにみんな笑顔ばかりなのだが、テレビドキュメンタリーは、なぜかそういう場面は映さないようだ。

アカ族のおしゃれ祭り

インドネシア半島に散在するアジアの稲作がまだ住人らの主要な食文化として残っているところでは、かなりの確率で餅が作られている。いろいろな方面から伝承されたものもあるし、どう考えても周辺の文化から孤立しているようなところでの餅作り文化は、その地域から自然に生み出されたものと判断した方が妥当なものもある。

この写真はメコン川の上流に住んでいるアカ族の祭りの準備風景だ。大人も子供もみんな民族衣装になって、たいてい長《おさ》の奥さんらしい老女が全体の指揮をとっている。ぼくはこの中央集会所のような高床式の建物の下で、まず餅つきをしているところから見物していた。日本のような臼と杵でつくのとはずいぶん違っていて、かなり長くて頑丈な数本の柱を上手に組み立て、全体として、テコの応用で少ない力で杵が動くようになっている。

ぼくが見たときにはもう餅つきが始まっていて、杵を打つ片一方の端に子供が二、三人

みんなでついたモチを車座になって丸めている。
何かなつかしい日本のむかしの匂いがする。
モチは古代米といわれる
アカ米がつかわれていることが多い。

座って、まったくのシーソーのようにして楽しげにケラケラ笑いながら餅つきの重りの役をしていた。全体の構造がシンプルなようでいてけっこう複雑で、もう稼働しているからだろうけれど、ぼくにはそれがどうしてそのように円滑にぺったんぽったん餅がつけるのか仕組みがよくわからなかった。見ようによっては、日本を含めた東南アジアが臼と杵で餅をつくのとは違って、ずいぶんメカニカルに進歩しているように思えた。

日本ではだんだん若者が減って、寒村などでは人手不足のために餅つき行事がどんどんなくなっていくと聞く。その一方で、日本得意のハイテク技術が電気餅つき機のようなものを発明して、なんとか乗り越えようとしている。つき終わった餅をこねて大きさをそろえ、車座になってかなり素早く見事に次々と丸もちを作っているのを見ると、日本の電気仕掛けの餅つき機がいかにも風情なく、なんだかこのアカ族に負けた、という気分になる。

出来上がった餅は少し時間をおいて祭りの祭壇に並べられる。その一方で、ブタが一頭引き出され、今から自身の身にタダナラヌことが行われようとしているのをブタは動物的な勘で察知したらしく、ギャーギャーブーブーすさまじい悲鳴をあげている。祭礼係の人が上手にそのブタの息の根を止め、解体していく。するとまじない師が現れて、まだブタの体の中にある肝臓のあたりを両手でまさぐり、そこに突起物がいくつあるかを調べている。その数によって次の年の吉凶が判明するのだ。

それが済むと、ブタは周りを囲む男たちによって丸焼きにされ、それが先ほど作られた祝い餅の隣にささげられる。

酒もふるまわれる。どうも日本でいうドブロクそのものらしく、人によっては朝から飲んで、炎天下でデロンデロンになっていたりする。

メコン川の妖怪ピー

インドシナ半島はその真ん中あたりをつらぬくメコン川によってなりたっているとよく言われる。自然環境（飲み水や灌漑《かんがい》用水）から豊富な魚介類、農作物までこの川一本でまかなっている。

不思議なのはタイからベトナムにいたる四千キロもある川なのに滝がほとんどないことだ。小さな滝はけっこうある。ほどよく川幅五十メートルぐらいでいくつもの分流に分かれているから梁《やな》などしかけて魚をとるのにちょうどいい。

世界で一番大きな滝はイグアスだ。滝というとナイアガラが有名だがこれは世界三大ガッカリのひとつとよく言われている。要するにたいしたコトないのだ。

イグアスの滝はブラジルとアルゼンチンにまたがりその幅は約四千メートル。これは日本列島並みのスケールだ。落差は八十メートル前後。すぐ正面の「悪魔の喉笛《のどぶえ》」と言われているところまで行けるが、いやはやこのくらいの滝と直面すると恐ろしい。あまりにもすさまじいのでしばらく下流にいかないと漁業ができないくらいなのだ。

ところで次ページの写真はメコン川のコーンパペーンの滝だ。地元のヒトは、メコンが折れるところ、と呼んでいる。そこまでも、そこから先にもさしたる滝はないから「折れるところ」というのはいい表現だ。

幅は十〜十一キロ。深さ十五〜二十メートル。雨季と乾季によってこのくらいの差がでる。この滝にはあまり見物人がいない。観光客もここまではやってこないようだ。

この滝には「ピー」がいる、といってインドシナ半島の人はみんな本気で恐れている。「ピー」などというとなんだかおちゃらけてマンガっぽいが、地元の人の感覚を日本ふうにすると「怨霊《おんりょう》」とか「妖怪」とか「地縛霊」などという語感になるようだ。

だからここには一人で行ってはいけない、といわれている。知らず知らずのうちにこの滝の中に入って行方知れずになる人がいっぱいいるというのだ。

ガイドがそう説明している顔がすでに恐怖に満ちているから説得力がある。「はやくほかのところにいきましょうよ」などと五十歳ぐらいのおとっつぁんが言っている。

一人で行ってはいけないコーンパペーンの滝。
滝の下にはピーというおそろしい妖怪がいる、と信じられている。
ここはメコン川で一番大きな滝。
メコンが折れるところ、と言われている。

ぼくがカメラをむけると慌てた様子で「写真を撮ってはだめです。ピーが写ってしまいます。そうしたら一生ピーにとりつかれますよ」などという。そのときにはもうすでにシャッターを押していた。さいわいか失敗したのかピーらしきものは写っていなかった。

滝は世界中でひとをよぶ。あのすさまじい瀑布《ばくふ》に圧倒され、その魅力にひかれるのだろう。この日はよく晴れていて雲が元気よく流れていた。これで曇天とか陰気な雨が降っていたらまた受けとる印象もずいぶん違うはずだ。そういえばイグアスの滝には遊歩道がついていて二百メートル先の滝の正面にでることができる。ずっと瀑布の音を聞いていると、意味もなく突然滝壺に飛び込みたくなってしまう。そういう人がけっこういるらしい。

メコン川の水汲み娘

メコン川はインドシナ半島の中央部を流れる命の川だ。流域に住む人々はこの川がなければ暮らしていけないから、流域諸国の全ての生活の糧になっているといっても過言ではない。まず必要なのは飲料水だ。

全長四千四百キロのわりあい上流部にあるラオスあたりには、山岳川民族とでも名付けたいような小部族が点在している。ひとつの村に行くと、川から百メートルほど離れた林の中に、百五十人ほどが集まっている部族がいた。そのあたりには人をおびやかす野獣や毒ヘビのたぐいは比較的少ないという話で、村は平和な活気に満ちていた。

斜面の下から、水がいっぱい入ったオケを背にかついだ子があらわれた。少女からまだ娘になりきれていないような女の子だった。カメラを持ってあとをついていくと、ほかにも沢山の水汲《く》みの子がいた。みんな五メートルほどの堰堤《えんてい》を乗り越えて川に降り水を汲ん

メコン川から朝と夕方、合計6回
こうして水を家に汲んでくる。
足腰の丈夫な娘に成長する。

でくる。そのあたりでみんなメコン川の水汲みに来ているのだ、ということがわかった。彼女らは膝ぐらいの深さのところに行くとひとつずつバケツに水を満たし、両方の釣り合いを確かめながら、今度は明らかに来る時よりは両足に力を込めた歩き方で、今来たルートを戻っていく。

小さな娘には五メートルの自然の堰堤を登るのはなかなかやっかいだろうとその動きからわかる。けれどすっかり慣れているのだろう、村の自分の家までそれを驚くほど軽やかな足取りで運んで行くのだった。

天秤棒の水運びの他に、写真のようなもっと大きな入れものに水を入れて背中に背負って行く子もいる。その部族の長《おさ》に話を聞いた。

「ここでは昔から十歳を超えると女の子はあのように毎日、水汲みの仕事をしているのですよ。水は重いから大変だけれど、なくてはならない貴重なものだから彼女らは大した苦でもないようです」

そのあと部族の長が言うことにちょっと考えさせられた。

「数年前、日本の十人ほどのグループがやって来て、彼ら自身の生活ぶりでの判断で、あの少女たちの水汲みなどを見て、『あまり小さな子にきつい仕事はさせないようにしてください』などということを言われました」

どうやら何かのＮＰＯ法人の視察団のようであった。しかしこれほどおせっかいな話はないだろう。

「こうして水を運んでいる娘らはその仕事に誇りを持っているのだろうし、何よりも家の手伝いができることを喜んでいるのです」

そのような話を聞いてぼくは思っていたのだが、ああいう仕事を毎日していると足腰が丈夫になり、体全体の健康にもいいだろう。

こういう光景を見て、むしろ思ったのは、このような仕事をしなさいと言ってもとてもできないだろう、便利で安全安心な国、日本に生きる娘たちのことだ。風景は価値観によっていろいろに見えるものだ。

ミャンマーの行商人

東南アジア、インド、アフリカなどでは頭の上に物を載せて運んでいる人をよく見かける。単にモノを運ぶためだけではなく、物売りが頭の上に商品を載せて歩いていることも多い。日本でもむかしは土地によってそういう風習があったようだ。

頭の上に物を載せると自然に姿勢がよくなり、同時に全身のバランス感覚も進化していくから手に持ったり背に担いでいくよりも慣れてしまえば両手が自由に使えるぶん有利だという生物行動学者などの指摘もある。

写真のこの二人はミャンマーの行商人。右の女性は朝掘りの細いタケノコを中心に水鳥の大きなタマゴを載せている。ミャンマーやラオス、タイの奥地などではタケノコを朝食にしている人がけっこう多い。皮をむかずに弱火であぶって岩塩などで味つけして食べる。朝食はそれだけ、という村をラオスの山岳民族の村で見た。

ミャンマーの女性はみんな顔に
タナカという白い粉を水でといたものを塗りつけている。
日やけどめという。
そんなもの塗らないでいたほうがよほど美人なのに、
と思うときが多いのだが……。

頭の上に生タマゴをいくつも載せてあるいている、ということに驚嘆するが、その日運ぶものを全体のバランスを考えてうまく載せるのを子供の頃からやっているのでいまはバランスを崩して落とすなんてことはない、と笑って言っていた。長い習慣だからもしかすると彼女らの頭のてっぺんは普通の民族よりタイラになっているのかもしれない。

頬に塗っている白いものはミャンマー独特の日焼けよけで、タナカという。日本人の名字のタナカと同じ発音だ。

そういう名前の木があって、砥石《といし》でその枝をちょうどダイコンオロシの要領でわずかの水をかけながら擦《こす》っていく。非常にキメこまかい白い粉がたくさん擦りだされてくる。それを水で溶くと白い水クリームのようになり、頬や鼻、オデコなどになすりつけるのが朝の化粧時間だ。

このタナカの木はあちこちの道端で売っている。風習というのは面白いもので、この日除けはいまや一種の「おしゃれ」にもなっていて、一般の人もみんな塗っている。ミャンマーはなかなか健康美にすぐれた美人の多い国だが、ヤンゴンなどの都市部できれいなワンピースにハイヒールなどを履いておしゃれして買い物に歩いている美人も白いオテモヤンのように頬にふたつの白い丸をつけて歩いていたりする。そんなものをつけないほうがよほど美人なのに、となにか残念、悔しい気持ちになったりするのだが、考えたらとりあえず当方には関係はなかったのだ。

面白いのは市場などでみかける八十歳ぐらいのマックロでしわくちゃのおばあちゃんまでこのタナカを塗っていることだ。木の細かい擦り物だからシワシワの溝にはいりこんでこまかいマダラの日焼けになるのではないかと思った。それよりも長年外の市場で太陽の光を浴びているからいまさら日焼けどめなど塗る必要もないじゃないか、と思うのだが、まあこれもまた余計なお世話というものだろうと口をつぐんでいた。

何もないのが魅力

インドシナ半島では、メコン川によってその周辺のいくつもの国の人々の生活が支えられている。まだメコン川の上流域といっていいあたりにラオスがあるが、ここを旅する人などは、よく「何もない国」などと酷評したりする。ぼくはその何もないところがラオスの魅力ではないかと思った。確かに巨大な観光地となるような場所もなく、たいてい蒸し暑い熱風が吹いていて、繁華街などというところのエリアは限られ、もったいないほど静かだ。

何時でもにぎわっているのは町のはずれにある食堂で、そこはラオスの人々の国民食といっていいようなフーの専門店だ。米を原料にしたビーフンに熱いスープ、その上にパクチーなどハーブが何種類か載せられているシンプルなものだ。百人ほど入る店内と、外側にやはり百人ほど入る屋根だけのスペースがあって、どちらもいつ行っても超満員だった。

ぼくもラオスにいる間、この店に通うのが日課になってしまったけれど、暑い中で大汗を流して食べるラオスの味は格別だった。日本でいえばさしずめ行列のできる人気ラーメン屋といった光景だった。

ここでフーを食べながら最初に思ったのは、ラオスも日本も同じ米民族だけれど、日本には米の麺をそのようにして食べる習慣がない。このフーの店はそのあとずっと下ることになるメコン川沿いの各国に共通していた。日本ではどうしてはやらないのだろうかという疑問を最初に持ったのがこのラオスの繁盛店を見てからだった。

夕方ぐらいまで外を歩いているとやはり大量の汗をかき、あたりが真っ暗になって夜風が吹いたりするとはじめて一息つける状態になる。夜にはメインストリートにたくさんの屋台が立ち並び、祭りや縁日のようなにぎわいを見せる。店で扱っているものは簡単かつ伝統的なラオスの食べ物やみやげ物などで、これはどの国でも変わらない風景だ。

次ページにある蚊取り線香のような模様のついたポシェットを掲げている女の子の写真は、思いがけないほどしゃれた小物類を売っている店の前で撮ったもの。このぐるぐる模様は決して蚊取り線香を意味しているのではなく、ラオスの数字の「１」なのである。ラ

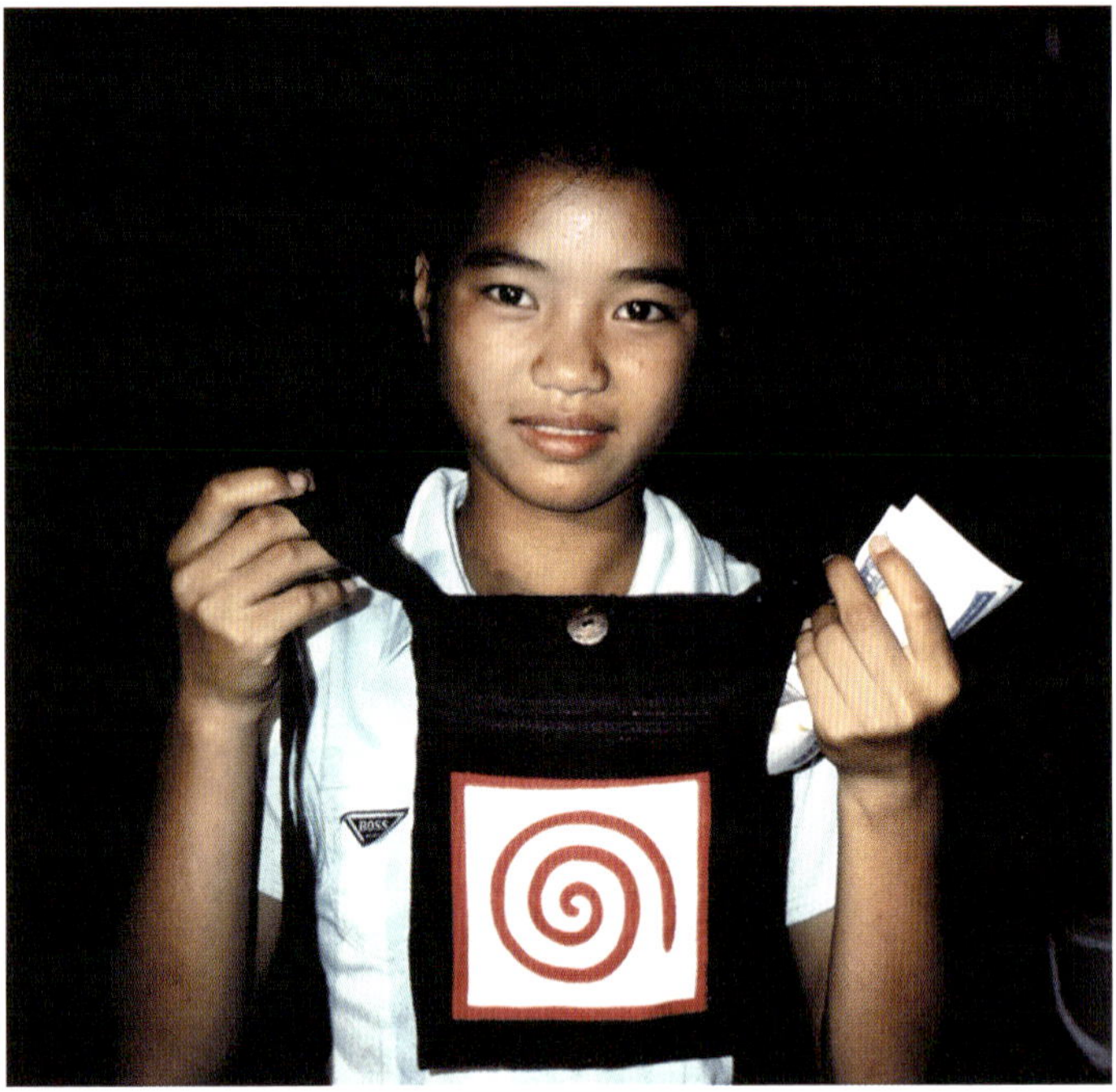

ラオスの手ごわいグルグル文字。
蚊とり線香をあらわしているのではなく、数字の（1）だ。
2から9までこういうグルグル文字なのでなかなかおぼえられない。

オスの文字は全体に丸っこい特徴があるが、数字などは目が慣れないとなかなか区別がつかないぐらい不思議かつ魅力的な形だった。ラオスのデザイナーもそのことをよく理解しているらしく、こうした小物にこのぐるぐるマークを多用していた。

値段はこのポシェットが日本円にすると十円にも満たないぐらいの安さだから、写真を撮らせてもらったお礼に五、六枚色違いのを買った。軽いから旅のお土産としては好都合だ。

それにしてもラオス語の文字の難解さにはまいった。数字などは一週間もすればだいたいどの国のものでも読めるようになるのだが、この国はあくまでも手ごわかった。

幸せのアイスランド

世界幸福度ランキングというのがあって、ＯＥＣＤと国連がそれぞれ別個に行っている。ここ数年、一位から十位までは、その年によって多少のランクの変動はあっても、だいたい同じような顔ぶれがそろっている。たとえば北欧三国、スイス、ブータン、アイスランドなどである。

アイスランドは十年ぐらい前までしばらく一位を独走していた記憶がある。何がどう幸福なのだろうか、という興味で訪ねてみた。聞いた話では、北海道と四国を合わせた位の面積に人口三十二万人。税金も結構高く、消費税は二五・五％というから驚いた。そんな国がどうして幸福なのか。

アイスランドは北欧三国とグリーンランドとイギリス諸島からほぼ等間隔に離れた大西洋の孤島である。火山によって隆起してできた土地なのでいたるところに活火山があり、常にどこかが噴火しているという話だ。そのため国土の六割は溶岩地であり、農作物はわずかにジャガイモがとれるぐらいだ。

ますます不思議になってきたわけだが、到着してみると、町全体が落ち着いて静かだ。車も渋滞することなんてまったくないような状態で、メインストリートは左右にしゃれたお店が並び、レストランの料理も大変おいしい。

地元の識者にいろいろ聞いてわかってきたのは、まず原発がないこと。発電はたくさんある水源を利用した水力発電と、広範囲に存在している地熱を利用した地熱発電。それによって光熱費は相当に節約できている。さらに学校の費用は小学校から大学まで国家が負担。病院もどのような状態であってもやはり国家負担。これは徹底していて、国民がどこかよその国へ行って何かけがでもして入院すると、そこで払った治療費の写しを持って帰れば、国家がそれを全額返してくれる。軍隊がないということも大きい。同時に驚いたのは、警察はあっても警官は拳銃を携えていないことだった。凶悪犯罪というものは存在していないらしい。

行政の建物の庭などは子供たちの遊び場になっている。町を行く人々の顔はそういう背景があるからかどうかわからないけれど、みんなフレンドリーで、レストランに入ったりすると、日本では絶対に遭遇しないようなにこやかな顔で全員が迎えてくれる。

そんなふうだから町を歩いていてもゆったり、のんびりしたもので、ひったくりなどというものも存在しないようだから、旅行者にとってはまことにリラックスできるいい国だということを体感できる。

この写真は地元でパン屋さんを経営している太っちょのお父さんとそのファミリーだ。パンは、こねたタネを専用の箱に入れて家の裏にある柔らかい土の中に埋めておくと、だいたい一時間ぐらいでうまい具合に焼けるという。その地熱で沸かしたお湯をお風呂などの水回りに使っているから、燃料費はほぼただなんですよ、と笑っていた。

パン屋さんの一家。
パンは地面の中に生地を入れておくと
地中から噴き出る蒸気によって
1時間足らずでふっくらしたおいしそうなパンに焼きあがる。

イスタンブールでナマズ釣り

むかし、ぼくが勝手に「ナマズ博士」と呼んでいた松坂實さん（探検家）に案内してもらってヨーロッパに大ナマズを釣りに行ったことがある。

ヨーロッパにナマズは似合わないような気もするがなにしろ広いエリアだ。彼の調査によるとアジアとヨーロッパの境界にあるトルコにでかい人食いナマズがいるという。

彼は一年に数度アマゾンに行ってそのたびに巨大なナマズを釣りあげている。

後年ぼくもアマゾンに行ってフリッチャという体長三メートル、重さ百キロの大ナマズを見たことがある。釣ったわけじゃないのだけれどね。まあとにかくアマゾンはナマズ大国なのだ。

ヨーロッパも負けていない、という松坂さんとイスタンブールの山奥のユーカリ林のなかでキャンプ態勢に入った。ナマズ釣りは持久戦だという。かなりぶっとい釣り針にコイに似た魚やニワトリの半身などを餌につけてサカリヤ川にほうり投げる。さおなどつかわずミチイト代わりに細くて強度のあるワイヤの一方にたるみをつけてキャンプ地近くの木の根元に頑丈に縛って途中に鈴のようなものをつける。夜中にかかることがあるのでその鈴の音がナマズが針にかかった、という合図だ。

夕食は焚《た》き火をして市場で買ってきたチャパティのようなものを焼き直したりケバブーをやっぱり焼きなおして食った。

歌の文句でシシカバブーと聞いていたが正確にはドナケバブーとかアダナケバブーというのだということを知った。肉の種類と味つけが違うのだ。

めしができるまでの長い夕刻に近所に住む子供がじわじわ近づいてきた。コトバは通じないがボディーランゲージで適当に仲良くなった。飛行機のなかでもらったクッキーをあげるとお返しに大きな粒のブドウを房ごともってきてくれた。

仲のいいきょうだいでなかなかエキゾチックな顔なので井戸の手押しポンプのところで写真を撮った。そのあとノートにナマズの絵を書いて、あの川にいるか？　と聞いたのだが二人は顔を見合わせてニヤニヤ笑うだけだった。飯を食ってウイスキーを飲んでテント

大ナマズを釣りに行く途中で出会った
イスタンブールの田舎の子。
近くにユーカリの林が続いている。

にもぐりこんですぐに寝てしまった。

しかし夜中の二時頃にあたりの騒々しい音で目をさました。はやくも巨大ナマズがかかったのか、とテントから顔をだすと目の前に銃口があった。松坂さんのテントや通訳のテントにも人影がいくつもありやはり銃で囲まれている。軍隊のようだった。

通訳に「怪しいものじゃない。日本からナマズを釣りに来ているだけだ」と言わせたが、日本からわざわざそんな山奥にナマズを釣りにくるなんてそもそも怪しい！　ということになってしまった。ちょうど赤軍派がヨーロッパでテロなどおこしていたときだったので、われわれの姿を見た近くの人が警察に通報したらしい、とわかった。逮捕はされなかったが翌日追放だった。

うらやましいメキシコ

メキシコにグアダラハラという中規模の都市がある。ここはラテンの国の中にあって、実に落ち着いたたたずまいの静かな都市だ。あちこちに森林公園があり、遅い午後になると暑さを逃れて町の人が三々五々そこに集まってくる。園内のいたるところに規模の大きな噴水プールなどがあり、子供や動物などがそこでくつろいでいる。ところどころに小さな売店や、それに付随した小さなレストランなどがあって、簡単にできるタコスなどを売っている。

この写真はその中にあるいくつかの石段の途中でメロンを売っている町の少女だが、カメラを向けると恥ずかしそうにこのようなしぐさをした。メロンの値段は信じがたいほど安く、多分これはこの少女の家で栽培されているものだろう。

夕刻が迫ってくると、それまで暑さを避けてどこかで休んでいたのだろう、そのほかの

公園を歩いていくと階段の途中で
こんなふうに小さな店をひろげている
メロン売りの少女と出会った。とても恥ずかしがっている。

各種物売りが、男も女もなかなか美しい声で売り物の名前を口にしながら、あちらこちらを歩き回っているのもなかなかいい風景だ。

その頃になると遅い昼寝をする人などもそこかしこにみられるようになる。みんなそれぞれに寝心地のいい場所を知っているようで、そのあたりまでそっと近づいてみると、なるほど心地のいい風が吹き抜けている。ずいぶんいろいろな世界のこうした公園を見てきたが、不思議と低レベルの置引やコソ泥などはいないようで、昼寝をしている人はみんな無防備に心地よさげだ。

ぼくはこの公園の近くのホテルに投宿していたので、ひまになるとその公園に出かけていたが、最も美しくうらやましいと思ったのは、ほぼ毎晩、夕闇が迫ると人々がここに集まってきて、いつしか自然にみんなのコーラスが始まり、それにひかれて新たに集まってくる人によって三十〜五十人の人々の輪ができる。そうしてさらに力を得た人の輪はさまざまな歌を歌っていく光景が毎晩あったことだ。

そのきれいな歌声に誘われて見物に行ったことが何度かある。特に歌声のサークルが練習しているわけでもなく、またそういう慈善サークルのリーダーが声高にリードしているわけでもない。まあ要するに自然発生的に人々が集まると、そこで自然にコーラスが始まっていたのだろう。日本ではあまり見たことのない風景だったので、なんだかつくづくうらやましくなった。

ぼくが夜ごとに足を運んでいた場所は、その公園を通り過ぎた繁華街にあるマリアッチ広場という、そこもまた驚くべき密度でビールやテキーラなどの酒類を飲ませるところだった。そこでテキーラなどを飲んでいると、ソンブレロにギターを抱えたおっさん四、五人連れがやって来て、にぎやかなマリアッチを始める。たちまち浮かれてテキーラなどをさらにがぶ飲みし、グアダラハラのたたずまいとは正反対のただれた夜を過ごしていたのだった。

南米の「だまし木」

アルゼンチンのコモドロリバダビア。切り倒された太い樹木のように見えるが、電動ノコや斧《おの》やチェーンソーでこれを切り刻むことはまずできない。とてつもなく固く、重いからだ。これは太古、このあたりに生えていた大森林が火山の爆発によってみんな倒壊、その上に火山灰や大量の土砂がふりそそぎ、長い年月をへて自然に掘り起こされた「樹木の化石」だ。

この化石のまわりに落ちているほんのちょっとの、たとえば太さ三センチ、長さ三十センチぐらいの「木のかけら」を持ち上げようとすると、見た感じとまったく違ってそのずしりとした重さに驚愕《きようがく》する。鉄よりも重いだろうか。

全体の見てくれは木目《もくめ》もはっきりついているし「木片」そのものにしか見えないからなにかとんでもない「だまし」に出会ったような気になるのである。

次ページの写真は人間の背丈ぐらいの太さだが、ひとつのカケラを百人ぐらいの人間の力ではとても動かせない。また動かせたとしてもどこへ運んでいけばいいのだ。どこかの国際ホテルのロビーにおけたらそれなりに人目はひくだろうけれど、持ち上げられないのだからただそれだけのことだ。

この倒れた化石の樹木のまわりにはやってきた観光客がチラホラいるが、ただむらがるだけでどうしようもなくみんなして手のひらでペタペタ大化石をたたいている程度だ。拳骨でたたくと下手すると手の甲の骨を折る。

そういうシロモノなのでカケラすら誰も持っていけないからこのまわりは防護の柵などまるでないし、説明文なども何もない。いかにもラテン気質まるだしのほうりっぱなしだ。でももっと背後にいって振り返ればこの丘陵地帯いっぱいに、これよりも大きい大木化石の倒壊地帯が広がっている。みんな巨木で大体このくらいの幅に切れている。

しばらく呆然《ぼうぜん》として眺めていた。事前に得ていた知識では倒壊してから二万年はたっているという。そのうち係員が「この先にまだ開放してはいない区画があるのですが、もうじき本格開放するのでそこをご案内しましょう」といううれしい話をしてくれた。

切れない動かせない「樹木の化石」。
これひとつで1～2トンの重さがある。
こういう巨大なカケラになった
化石の木が何本もころがっている。

入り口は横にならないと入れない。

中に入っていくと広い場所があるのかと想像していたがずっと這《は》っていかなければならない。暗いのと狭いのでたちまち息苦しくなるのでまいった。

過去にこの根の穴になにかの古代動物が住んでいたらしく羽毛がいっぱい懐中電灯のあかりに光っていた。

動物は死ぬと腐って最後は消滅していくが、古代の大木は途方もない時間、化石となって生き延びていくのだという現実を実感した。それからこの巣穴のなかで長さ二十センチ直径五センチほどのずしりと重い化石のかけらを見つけた。喜んでひそかにポケットにいれて日本に持ち帰った。

沢山の動く雲

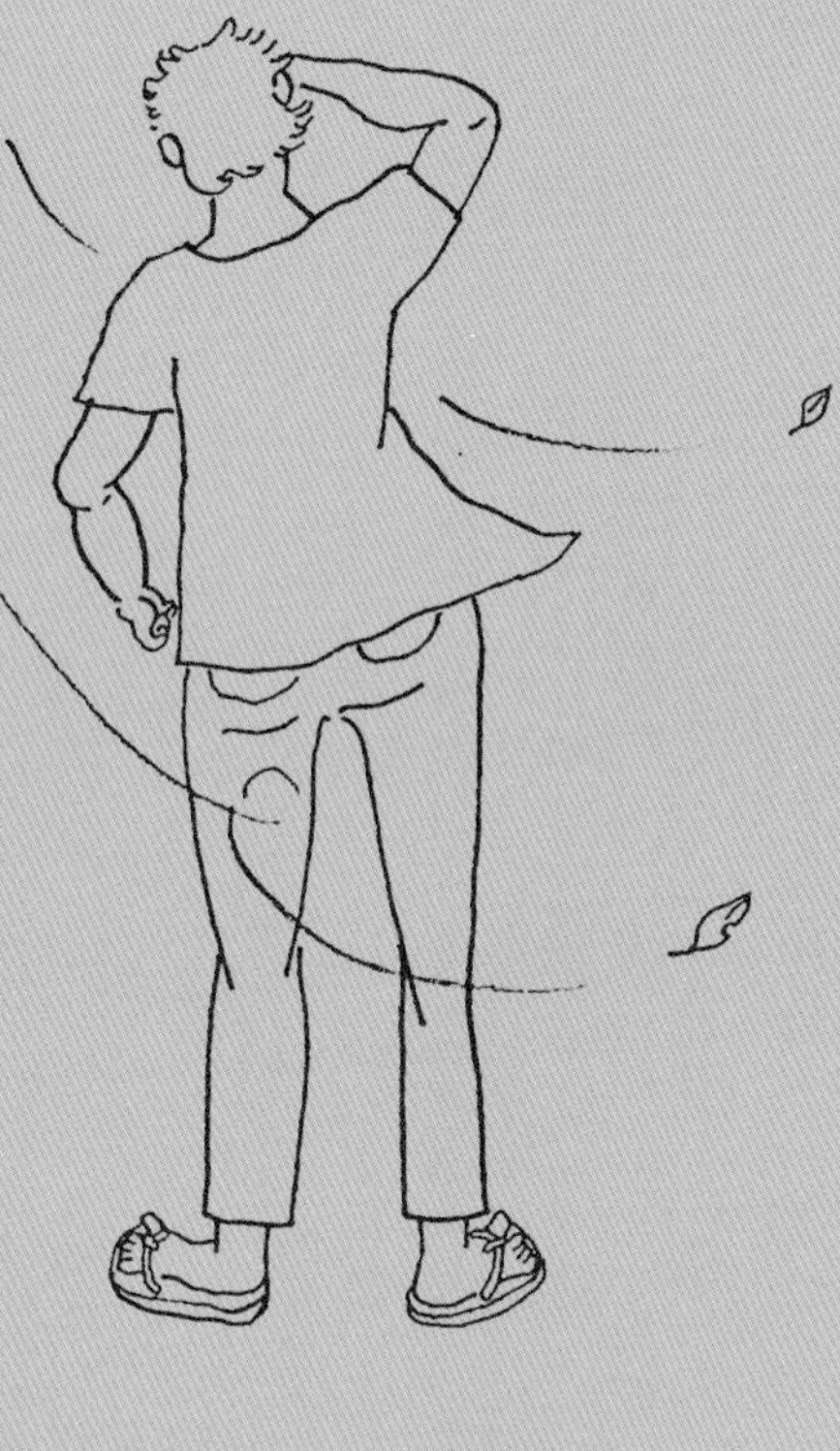

ラオスの朝メシ屋

インドシナ半島の真ん中をうねるようにしてメコン川が流れている。源流はチベットのあたりだが、中国の雲南省あたりを激流となって流れ、ミャンマー、ラオス、タイ、カンボジア、ベトナムへと流れている。半島の自然をつくる命の大河だが、その周辺に住んでいる人々とその生活を見ているといろいろ感動する。川に沿って国々は変わるけれど、その生活ぶりや文化とか文明といったものが伝統的なものとないまぜになって、どんどん激しく変わっていくのを見るのがスリリングで楽しいのだ。

観光旅行者には、よく、何にもない国といわれているラオスなど、その何にもなさがとくに面白く、気の向くままそこらを歩いていると、彼らの生活の細部が見えてきて、その文化的差異がことに面白い。

この写真はラオスの朝だけやっている食べ物屋さんだ。右下のほうに積まれているのは

ラオスの田舎を朝がた歩くと
こういう朝めし屋の小屋に出会う。
売っているのはその朝
山からとってきたタケノコ。
これを焼いたのをかじるのがこのあたりの朝食。

朝掘りのタケノコで、まだ皮付き。このタケノコがラオスの山岳民族の朝食になる。

一軒の民家で朝食を食べるまでの様子を見せてもらった。高床式の家の隅のほうに小さな囲炉裏《いろり》風のものがあって、その上にタケノコを皮付きのまま載せて焼く。ある程度焼きあがるのを匂いで調節し、すぐに皮をはいで岩塩らしきものをつけてかじる。大人でひとり十本ぐらい食べるというが、おいしそうにばりばり噛んでいるのを見ると大変うまそうなのでぼくも一本もらったが、タケノコを焼いて食べるとまあそんな味だろうと思うだけで、特別うまいというわけではなかった。

聞けばラオスのこのあたりの人々（主にモン族）は、この地域全体に産業というものがなく貧富の差もさしてないことから、どの家も朝食はこの細いタケノコの丸ごと焼きだという。

朝食のときに、これは女性にかぎっているらしいが、赤茶色の団子のようになった塊をだしてかじっていた。なにかと聞いたら、堅い土の塊なのだった。どうして女の人だけがそれを食べるのかを聞いてみたが、とにかく最初から恥ずかしそうにしているので、それ以上詳しい話は聞けなかった。

この店の一段高いところに袋に入れて並べられているのはナシに似たくだもので、わざとそうして食べるのか、相当熟して、もうところどころ腐りかけていそうなものもあった。どうやらそれも朝食のときにあれば食べる、という習慣になっているようだった。

この他にも、ここらに住んでいる子供たちが日本でも昔の子供らがやっていたような、手ごろな木の股《また》を使ってゴムを結び付け、石をはさんで撃ちつけるという、パチンコを首からぶら下げており、そこらで見かけるリスや鳥、モモンガなどをかなりの確率で仕留めてきて、それらが夕食の肉スープのもとになるらしい。

稲作もしているのだが、米は重要な生活の資金源になるので、普通の生活ではあまり自由には食べられないようだった。

メコンウイスキーできてます

メコン川を上流から下流へ時間をかけて下っていったことがある。タイやミャンマーが接している危険地帯を過ぎて、ラオスに入ったあたりの川岸で見つけた掘っ立て小屋がこの写真。人が二、三人働いており、近づいていくとちょっと緊迫した警戒的な空気が流れた――ような気がした。

このあたり、アヘンの生産工場がゲリラ的にあるというから、いよいよそのひとつかな、と一瞬思ったが、川から見通せるようなこんな近くに怪しい秘密工場を建てるはずはない。近寄って行くと独特の濃厚なアルコールの匂いが流れてきて、ここは酒を造っているところだということがわかってきた。まだ子供みたいな若い人たちが暑い中で熱心に動き回っている。あいさつをすると、さっきの緊張感はきれいに消えて、通常のこんにちは、という答えが返ってきた。

メコンウイスキーの蒸留所だ。
原料は雑穀で、いわゆる西欧のウイスキーとはまるでちがう。
のみすぎると確実に頭が痛くなる。

何を作っているのか聞いたら、ウイスキーだという。これまでずいぶん世界のウイスキーの蒸留所を見てきたが、こんなに簡単な仕組みでウイスキーを造っているところはどこにもなかった。しかし、聞けばメコンウイスキーを造っている、とはっきり言う。

しかし元々の原材料はそこでとれる米や芋で、それらを粉砕し、雑穀と合わせて醸造酒をまずつくり、最終的に人間が飲めるようにするために、小さな蒸留装置でアルコールを蒸気にして回収しているのだ。だからウイスキーと言い張るのなら、ああ、そうですか、とうなずくしかない。

蒸留されたできたてのメコンウイスキーは、そのまま大きなかめに入れられ、そこそこ長いことそのあたりに置いて、その後に持ってきた空きびんにそれをひしゃくで流して入れ、メコンウイスキーの出来上がり、というわけだ。

しかし酒の造り方でいうと、これはうまくいった例だといえるが、ともあれ、サトウキビから造るラム酒、リュウゼツランの根塊から造るテキーラなどとかわらない地酒である。麦も入っていないので決してウイスキーというわけではないが、ここでは他に呼び名はない。しいて正しくいえば、米、芋、雑穀の蒸留酒ということになるのだろう。

そこに行きつくまで、全くお酒を口にしていなかったので、さっそく三本ほど購入した。スコッチウイスキーなどでいえば原産地買いとでもいえる。味の質はただ苦いだけでうまくはないが、がまんしてあおっていると、あたりの熱気にあおられるようにしてふわりふわりと酔っていく。このときの心持ちがなんともいえない。しかしいい調子で飲みすぎるとえらい目にあう。

一般的なウイスキー蒸留所からいえばずいぶん簡単なつくり方だが、いかにもその場にふさわしい熱風の中での、まさしくメコンウイスキー以外の何物でもないと納得する。

北大西洋のタラ漁

北大西洋に、なんだか気の毒なほどぽっかり孤立してみえるアイスランドは、北欧諸国とイギリス諸島とグリーンランドからそれぞれ同じぐらいの距離を隔てた北の海の孤島である。世界で最も幸せな国という調査がＯＥＣＤと国連で行われているが、そのベストテンによく顔を出す国で、なんでこんな孤島が、と興味を持ち、一カ月足らずの旅をした。

火山島なので、いたるところに地熱の蒸気が噴き出し、本書の百五十から百五十一ページではガスや電気を使わず、地熱を利用したパン屋さんの話を書いた。いたるところでなるほどと感心する風景や出来事のある恵まれた旅だったが、特にこのような厳しい環境のもとにある海での仕事がけっこう活発に行われていることに驚いた。

とはいえ国の一部が北極圏にかかっている冷たい海だから、獲れる獲物はサケ、タラ、オヒョウ、オオカミウオなどで、温暖な日本の漁業に比べると申し訳ないくらいにその魚の種類は少ない。けれどタラやサケは当然のことながら新鮮この上なく、また荒天をさけて北上して行けばたいがい豊饒《ほうじょう》な獲物を得ることができる。

オオカミウオがおいしい、と船長さんが言うのにはやや驚いた。オオカミウオは北のどこかの国で水族館にいるのを見たことがある。その名がつけられたのもうなずける通り、人食いザメのように牙をあらわにし、顔つきも、同じく牙が怖いサメなどよりももっと怪しく面妖《めんよう》なる生き物だ。この魚はこんなふうに水族館で鑑賞するのがせいぜいと思っていたが、北の海では食物としてサケやタラを上回るほどの人気なのだという。

この日、ぼくは獲物の周回ルートの関係で、タラ漁専門の漁船に乗ったから、珍しいオオカミウオを釣る場面は見ることはできなかった。そのかわり、タラは漁場に来るとまさに入れ食いだった。親切な船長さんに、あんたもやってごらん、と言われて、小魚を餌にした針を投げ、トローリングの要領で挑戦したら、ほどなくしてぼくの針にもまあそこそこの獲物がかかった。日本での釣りは仲間たちとよく行くけれど、タラを釣ったのはたぶん自分が初めてだろうと思うと、こんな遠くの島まで来たことのヨロコビがどっとアドレナリンとともに体中を駆け巡ったのだった。

北海の漁業はタラとサケとオオカミウオ。
ときどき巨大なオヒョウぐらいが獲物だ。
オオカミウオはコワイ顔をしているが
やわらかい肉でけっこううまい。

この島では、先ほども書いたように、火山が常に活動しているので、火山岩大地が島の七割を占める。したがって農業は成立せず、小さな耕作地では人々がなんとかジャガイモなどを収穫している程度だった。他には遊牧民が育てている羊や牛などが食材の中心になる。その点でも日本は海や陸地ともに、申し訳ないくらいに恵まれていることを痛感したのだった。

少ない収穫物を大切に料理するという生活態度がこの島の過去から現在までを支えており、限られた食材を使ってレストランや家庭でそれぞれ工夫した料理を作っている。どこでも頭の下がるほどおいしい料理が出てくるので、少ないことの価値というものを知る旅でもあった。

バイカル湖の穴釣り

厳冬期のシベリアを旅していたときのことだ。アジア系のネイティブが住むサハ（むかしのヤクート自治共和国）に一カ月ほどいてシベリア鉄道でイルクーツクに向かった。

サハの温度は毎日零下四十度あたりを上下していた。モスクワから九時間かけて最初にサハのヤクートに着いたときはあまりの寒さに思考能力を失ったようにヨロヨロ歩いていた。町は冬中晴れない濃厚な人工霧に覆われていて、視界は二十メートルあるかないかだった。人間をふくむすべての動物の呼吸が大気中で凍って霧になってしまうのだ。煮炊きする湯気、自動車の排出ガスなどもみんな霧になる。想像もつかない世界だった。

寒さには次第に慣れていくが水のまずさにはなかなか慣れなかった。

発電所が湯をわかしそれを直径一メートルぐらいの鉄管で町まで流している。それで煮炊きし、冷《さ》まして水にして飲む。その鉄管が何十年使われているのかわからなかったが、積年の錆《さび》や黴《かび》やその他いろんな不純物によってフクザツな味つけをしてくれるのでものすごくまずいのだった。

イルクーツクからバイカル湖に移動したときその周辺に住む人は柄の長いひしゃくとバケツを持ってバイカル湖の水を汲みにいくのを見てさっそくまねをした。その水が素晴らしかった。さすが世界で一番深い湖である。

持っていた水筒にもたっぷり入れたが、宿にいけばそれと同じ水が飲めるのだった。そこには十日ほどしかいなかったがサハよりも数度暖かいし、休みの日などはあちこちから男たちが出てきてバイカル湖の氷を割って穴釣りをしていた。

見ているとオモリとハリをつけた仕掛けでわりあい簡単に釣り上げてしまう。空中に出てきた魚はくるくる暴れているが、氷の上に落とすか落とさないぐらいのほぼ瞬間的と言っていいくらいで凍ってしまう。なんだか魔法を見ているようで面白かった。

オームリという陸封型の鮭鱒《サケマス》系の魚で、これは後に宿で食べた。釣り人はこの魚を持って帰ると家のまわりに一晩ほどつるしておく。そうすると骨まで凍結し全体がカチンカチンになる。まあルイベのようなものだ。

日本のワカサギ釣りみたいに氷の穴から釣り上げる。
外気はマイナス 40℃ぐらいだから
マイナス1～2℃の水の中から釣り上げられた魚は
空中で跳ねているうちにピクンと凍って
下におちるときはもう凍って動かなくなっている。
ひと晩凍らせて翌日ナイフで削って食べる。うまい!

宿の人はその固くなったオームリを皿の上にのせ尾を上にしてナイフで削っていく。外側の皮のところは食べないがあとは食卓を囲んだ人々が自分で好きなようにナイフで削っていく。

薄くなると肉片はどんどんやわらかくなり、そのままでも食べられるが塩やコショウなど好みの味をつけて食べると淡水魚のトロみたいな歯ざわり舌ざわりでうまいのなんの。

ロシアの食卓に必ずある黒パンに載せて食べると硬くて味気ない黒パンがいきなり威力を発揮する。

オームリは骨をダシにして最後にスープになる。たいていジャガイモとの組み合わせだがそれもシアワセな味だった。

モルディブのカツオ

モルディブ近海は昔からカツオがたくさん捕れるところで有名だ。海に面した村にはたくさんの漁師が住んでいて、毎日、木で造られた粗末な漁船に十数人の男が乗ってカツオ漁に出る。何度か、ぼくもその船に乗せてもらった。

日本のカツオ船にも乗ってきたが、モルディブの漁船は、船倉に海水をいっぱいためて生き餌を泳がしている。ほとんど水船のようになっていて、それに比べると日本の船は速さも能力もけた違いに優秀なのだが、モルディブの漁師がカツオ漁でそこそこ生活を営めているのは、それだけカツオが大量にいるからなのだな、とそのうちにぼくにもわかってきた。

釣り方は日本と同じ、海水シャワーと小イワシを一斉に放流し、そこに集まってくるカツオを返しのない針で釣り上げるという、つまりは「一本釣り」だ。そうして一時間ほど釣っていると、もう水槽は一杯になり、大きなうねりが来たら転覆してしまうぐらいの状態になる。ぼくは自分で釣ったカツオを素早くさばいて船の上で刺身にして食った。

問屋や市場というものはなく、港に着いた釣り船に魚屋が直接買い付けに行くシステムになっている。そうして、丸々一本どさりどさりと店の前に並べる。したがって新鮮この上ないカツオだらけの時間になるのだ。けれど文化や味覚の国ごとによる違いというのはどうしようもなく、ぼくは、このように豊かなカツオ屋さんを見て、いつもなんだか向けどころのないはげしいもどかしさを覚えるのだった。

それは、彼らのカツオの食べ方が百パーセント刺し身で食うなどという考えが毛頭ないということだった。客が来ると、一本丸々買っていくケースもあるが、二分の一や三分の一の部分買いをする場合もある。日本のように三枚にオロスということは知らないか、やらないかで、みんな魚を丸太を切るようにして分けられていく。

彼らのカツオの食べ方の主流は圧倒的にいわゆるモルディブカレーの具にされる。カツオだとカツオカレーというふうにみんな決めてしまっているようなのだ。もうひとつは、腹を割《さ》いてワタを出し、そのまま天日に干すのと、全体を少し焼いてやはり天日にさらし

釣り上げたカツオを素早く刺身にするシーナ（撮影・山本皓一氏）
魚を生で食べることをしないモルディブの漁師は
びっくりして怪物でも見るようにして怖し気にぼくを見ていた。
うまいのになあ。

て干すというやり方だった。日本の「なまり節」とほぼ同じだ。でも最近日本ではあまりなまり節は見なくなった。食卓にあげてくる料理の方法があまり一般化していないからのようだ。

ぼくはモルディブの旅から帰ってきて、あの国に大量のショーユを持って行って、カツオの刺身をそれで食うとうまい、ということを宣伝し、カツオの本当のうまさに気付いたモルディブの島人たちがショーユを買いあさる流通ルートを作っていったら、けっこうなショーユ国際商人になって巨万の富を得られたのではないか、と夢想したが、まあ、そういうことはもうとうにどこかで誰かがやっているのではないかと思い、その大作戦はあっけなく消滅したのだった。

鰹節のルーツを求めて

前章に続くが、ぼくの大好物にカツオブシ（鰹節）がある。カツオブシはそれだけでもエライやつだが、ここにショーユと海苔《のり》が加わりトリオを結成すると無敵になる。

たとえば小学生の頃に弁当で一番狂喜したのが海苔の二段重ね弁当だった。ときどき一番上にもう一枚載せられていてテラスのようになっている。そのままだと弁当箱のフタに海苔の破片があちこちくっついてしまうという問題があるので、それを防ぐために卵焼きなどが載っていると、これはスーパーデラックスゴールデン弁当となり、三倍ぐらいあるといいと思ったりした。

この海苔好きの性癖はいまだに続いていて、海苔むすびや海苔巻きなど、時々旅先で買ったりする。中身にカツオブシが入っているのが条件だ。まあそんなわけでカツオブシのもとになるカツオにも心からの愛情を持って生きてきた。

モノカキになって単にうまいだの好きだのというよりも、一応作家なのだからもう少しカツオブシの由来や国際的なポジションなどを文献によってじわじわ調べていったことがある。ある本にカツオブシは大和朝廷の頃に琉球から日本国に他の贈りものと共に謹んで献上された、と書いてあり、「おや?」と思った。それまでぼくの読んできたカツオブシ関係を巡る本では江戸時代にカツオブシがつくられ、庶民の間に広まった、とある。ずいぶん大きな時の隔たりがあるではないか。さらに調べていくと、琉球にカツオブシを伝えたのは、当時のモルディブ共和国(?)であるという。そうすると日本の食品文化の中ではかなり位の高いカツオブシの歴史がばらばらになってしまう。

物好きで何か気になるとすぐ突っ走ってしまうわが性格そのもので、それらの真意を調べるために前章のようにわざわざモルディブに行ったのだ。確かにモルディブの重要な輸出食品はカツオブシであった。ぼくもカツオは日本で何度も釣っており、自分でさばくこともできるから、向こうの漁師に頼んでカツオ船に乗せてもらった。そうしていろいろ聞いてわかったのは、モルディブで食べているカツオブシは、カビをつけてかちんかちんに固くする日本式のものとはやや、いや大分違うものだということだった。カツオを蒸して天日に当てて裏表乾かしたナマリブシなのであった。

それらをいっぱい干している小島があって、そこはナマリブシだらけだという。小舟で十五分もかからないところにその島があった。近づいていくとすでに空気がカツオブシくさい。民宿などというものはなく、そのあたりでナマリブシを干す仕事の長《おさ》という人を周りの人に聞いて訪ねて行った。そのとき現れたのがこの写真の女性の長で、冗談かと思えるようなかわいらしい服を着つつ、水パイプをぶかぶかやっている怪しいオバあちゃんであった。

まあ話はこれから本題に入っていくのだが、ここではこんなところまで。

プカリプカリと水タバコを吸っては吐いて
怪しげなオババが出てきた。
派手なドレスはこのあたりの普段着らしい。

済州島の海女さん

海女の潜水漁は東アジア特有の存在で、日本では鳥羽（三重）や輪島（石川）、久慈（岩手）などでいまだに盛んである。日本の海女さんは、旦那が船の上にいて、奥さんないし娘さんが海に潜っていく。これは古くからそういうしきたりのようで、清少納言がそのありさまを見て、女が命がけで働いているのを男はのんびり船の上で眺めている、なんという情けないことよ、などと書いている。

能登半島の海女さんは、この夏、見てきたばかりだが、アワビやサザエなどの貝類を専門にとっているのかと思ったら、夏はモズクをどっさりとっていた。日本海は夏になると波がほとんどなく、海水も透き通って海女の仕事はやりやすい、と聞いた。

この写真の女性は済州島（韓国）の海女さんで、冷たい冬の海にも潜っていく。ひと仕事して温かい服に着替え、とってきたばかりの獲物を肴《さかな》に酒を一杯やっているところだ。

済州島の女は強い。
とくに海女さんは朝がたつめたい海に入って
大量のアワビを獲ってきてそれをサカナにマッコロリをのむ。
酔えば演歌のうらみ節だ。

日本だとこんな近くで写真を撮ると、近頃は肖像権がどうのこうのとうるさいが、ひと仕事終えてちょっと酒に酔っていい気分なのか、知っているあいさつ言葉を全て並べてカメラを抱えると、とたんに割りばしを持ってなにやら歌を歌い始めるので、これ幸いと真正面で写真を撮らせてもらった。割りばしでそこらにあった桶《おけ》をたたき、いかにも韓国風の（うらみ節）演歌のようなものを歌ってくれた。

写真を撮り終わると目の前で小さく切ったアワビのかけらを指差し、味をみていけ、というようなことを言った。さらに何か言ったが、たぶんそれをかじるとおいしいのがわかるだろう、だからいくつか買っていけ、というようなことを言ったようだった。本当はそれだけ写真を撮ったんだからナマコを10本買っていけ、と言ったのかもしれないけれど。

済州島は石と女の島といわれる。風が強く、石で風よけの囲いを造っている家をよく見る。女が強いというのは、よく働くからだろうと思う。だからここも潜水の貝とりは海女さんの仕事と限られており、季節を問わず一年中潜っているそうだ。しかもここでは旦那さんが船に乗って海女さんの仕事を手伝うというわけでもなく、七、八人の海女さんが水からあがってくると焚《た》き火を作ってみんなで暖を取っているという風景をよく見かけた。

全体に日本よりもアワビは大きく豊富で、日常的に一般の人もよく食べているようだ。

済州島の名物料理にアワビ粥《がゆ》というのがあり、何度か食べたが、これは当たりはずれなくきわめておいしい。作り方のひと通りを見物させてもらった。まずアワビを殻からはずし、全体を洗いながら念入りに塩をまぶし、タワシなどでこすっていく。するとアワビは全身を固く引き締めて、持った感じカツオブシのような状態になる。これをおろしがねのようなものでこすって細かくする。塩で身が引き締まっているとはいえ、アワビとしたらまだ生きているわけだから、生きたまま、上半身か下半身かわからないがどんどんこすられて最後には全部が小さなアワビのスリ身状態になる。これを粥の中に混ぜて食べるのだが、味つけは塩ぐらいのもので、何杯もおかわりしたくなるほどうまい。

演歌の情念を研究する

女は恋に破れるとどうして北へ行くのだろうか。いや、べつに恋に破れた全ての女がどこへ行くのか尾行して統計をとっているわけではないけれど、演歌など聞いているとたいてい北を目指しているということがわかる。

あまりグアム観光やハワイに行ってフラ教室にはいる、などということはしない。

それから北へ行くのでもマイレージ使ってジャンボで一足飛びという行き方もしない。急行で行っても途中からは鈍行列車がいいようだ。北へ帰るには連絡船で海峡を越えないとどうもあんばいが悪いし。傷心の女が北に帰るには真冬に津軽海峡を、悲しみに切なく胸をふるわせながら荒波を越えていくのがおすすめです。

演歌で語られる愛とか恋の破局は男よりも女のほうが多いようだ。恋に破れた都会に別れを告げて故郷の北の町に帰っていく。

凍てつく北へ。北へ。
恋に破れた女は（いや男も）
悲しみをこらえて北へ帰っていくのだ。
つめたい世間や鉄路はなんで愛する二人を引き裂くのだろう……。

「どうしてみんな北へいくのだ？」

理由を聞いてみると（あくまでも演歌の中で語られていることなのだが）「北」にはとくに重要な意味はなくてむしろ、世間が大きく関係しているのである。

男も女も命がけで愛し合っているというのに、たいていそこに「世間」が出てくる。なぜ「世間」は深く愛しあっている二人を引き裂こうとするのであろうか。

そこでわたくしは怒るのである。

まずはその「世間」というものをここに呼んできなさい。いいじゃあないですか。二人は愛し合っているのです。なんであんた（このあんたは世間のことね。世間はひとりじゃないような気もするので言いなおすと）なんであんたがたはそんなに強引に愛する二人を引き裂こうとするのですか！

だいたいあんたがたはどこにいるのですか。あんたがたどこさ？　と聞いているんですよ。こうなると怒りは無意味に四方八方に散っていくのですが、二人ははっきりこう言っているのです。

「愛しているのに……」

「世間の風の冷たさに負けた……」

そうはっきり証言しているのです。

「世間」の責任は重いのです。

いくつかの演歌世界を研究していくと、破れた恋に悲しんでいる男女は、あまりいいものを食べていないようです。食欲がないのでしょうなあ。しかし体に元気をつけないと。

北へ帰る列車の途中のホームの駅そばなんかちょうどいいんですがなあ。あれはたいていあつあつのできたてが「あいよ」などと恋に破れた人の前に出されてくる。プンとたちのぼる故郷に近い人生の匂い。

「今日はだいぶシバレるからもう少しトウガラシなんか入れるといいんでないかい」

などとおばちゃんは言う。

そのとおりやってみるとあちあちのつゆにトウガラシのかおりがまざって故郷はますます近づいてきます。

「どうかね」

「いいね」

「ファド」が流れる居酒屋

ポルトガルはユーラシア大陸の最西端にあり、海洋大国として日本といろんなところで共通した価値観があって、とてもなじめる国だ。短い期間だったけれど、この国を旅していて、毎日、新鮮ななつかしさに触れる日々だった。「新鮮ななつかしさ」という言い方はちょっとへんてこかもしれないが、思いがけないところでかつての古き良き日本を思い出してしまうのだ。通りのほとんどは石畳で、そこに住居や商店や飲食店などが並んでいる。レストランの多くは魚介類を扱っているし、タコやカニなども日本と同じ感覚で素朴に食べている。

この国へ行って楽しみにしていたことのひとつは「ファド」を聞くことだった。簡単に言うとこれはポルトガルの演歌だ。日本にもかなり昔からたくさんのファドが入り込んでいる。いちばん有名なのはアマリア・ロドリゲスの「暗いはしけ」だろう。そこで歌われている歌詞の意味はわからないが、全体に暗い哀調を秘めていて、やはり男と女の愛が多く歌われている。でも日本の演歌とちがってポルトガルはユーラシア大陸の西のはずれ。恋に破れた男や女は西の海の先につらい思いを叫ぶようだ。

繁華街では大きなレストランなどで夜八時ぐらいからこのファドを毎日聞くことができるけれど、これは店が契約しているプロのファド歌手が歌っているものだ。本当の地元の人が愛しているファドは、さっき書いた下町の石畳の坂などがある狭い通りに面した居酒屋でやっている。開店するのはなんと夜の十一時だった。閉店は明け方頃らしい。大人の演歌は大人の時間にやっているのだ。

次ページの写真は地元の人に愛されるリスボンの有名店での一コマだ。十一時の開店とともに客はいっぱいになってしまった。ここには写っていないが、背後に二階に上っていく階段があり、そこもびっしりこの国のファドを愛する人々で埋まっている。酒は一種類。小さなグラスに注がれたそれは、火のついたマッチをかざすと、ちょっとした石油か何かのように炎をあげて鮮やかに燃える。そうしていくらかアルコールを抜いたやつを、客たちは口の中にほうり込むようにして飲むのだ。空いたグラスにはテーブルの上に置かれた

リスボンの夜は演歌で更けて。
客席からこの人が立ち上がってうたった。
有名なプロの歌手ということだった。
男はズボンのポケットに片手をつっこみ、
もう片方の手をテーブルの上に置くのが正しいうたいかた。
女の人はショールを肩にかけてうたう。

酒瓶を誰かが持ってじゃかじゃか注いでくれる。つまみなどは一切なく、みんなひたすらその強いサケに酔っていくのだ。

やがてギターを持った演奏家が現れると拍手が巻き起こる。どこからファドの名人が現れるのだろうかと注意していたら、ぼくの座っていたテーブルのひとつ先で飲んでいたおっさんがすっくと立ち上がり、タイミングを合わせてかき鳴らされたギターの中で、たぶん有名な歌手なのだろう一曲目のファドが歌われた。店の客全員リズムに合わせて体をゆすり、そのおっさんの歌に身を委ねる。すごくかっこいいのは、そのおっさんが歌いおわるとすたすたと店を出ていってしまったことだった。マイクをはなさない日本のカラオケおっさんとはずいぶんちがう。

その次にぼくが座っていたテーブルの客の老婆がショールをかけて立ち上がり、二曲目のファドを歌った。この人も有名な歌手だったようだ。そうして夜が更けていくまで情感あふれる歌が引き継がれていくのだ。

世界が驚く日本の居酒屋

日本が大量の移民に門戸を開くということが話題になっている。その前ぶれでもないのだろうが、東京の盛り場を歩いていると以前にもまして外国人が目立つ。少し前までは一目見て中国人とわかる十人くらいの団体がやたらに目立った。顔つきだけ見ていると日本人とも韓国人とも中国人ともさして区別がつかないのだが、大きな旅行かばんをたずさえて大勢で群れている。そして衣服の、まあいってみればちょっとしたセンスが日本人の感覚とは明らかに違う、一種独特のものでそろえているケースが多い。おまけにみんなで話している声が大きい。

その昔、日本が経済大国のとば口にあったころ、世界に名だたるジャパニーズ観光ツアーが諸外国で真っ先に日本人だと見破られたように、アジアの同族ともいえる中国、韓国、ベトナム、フィリピンあたりは、われわれの目から見ると同じように見えるから面白い。

日本人とは違う区別が、今言ったような服装と持ち物——の点だ。

そういう団体旅行の人たちが気に入っているのは、お土産あさりが済んだあとに日本のラーメン屋と居酒屋に入ることらしい。居酒屋というのは欧米人にも好評で、その魅力はまず気軽にとっとと店内に入れること（もちろん空いていればだが）。座る場所は特に指定がない場合、好きなところにかけていいというのも欧米にはないシステムだ。

続いてメニューの多彩さにも彼らは欣喜雀躍《きんきじやくやく》。欧米の人などにとっては、座ってメニューを広げ指でいくつか指し示すと、数分で注文したものが出てくる。しかもほかほかのできたて、というのはそれぞれの祖国にはあまりないから、ますますありがたい。

欧米には居酒屋というのはほとんどないから、グループ連れで食事をしようとすると、よほどしけた店でない限り、まず予約をする必要がある。店によっては、たとえ三時間後の予約であっても、その場であらかたのメニューを選び、相手方に知らせるようになっていたりする。これでは、買いもののついでにちょっと食事をというわけにはいかない。

さらにちょっとしゃれた店だと、レストラン部門に入る前にバー部門があって、とりあえずそこで好みのものを飲まなくてはならなかったりする。ひとしきり後にウエイターや

公園のベンチに座って
何か好きなものを注文するとすぐ出てくる、
というお気軽さに通じるから……。

ウエイトレスが呼びに来て、所定のテーブルに案内され、格式ばったところではそこで食べるのはコース料理をすすめられる。

こういうレストランに比べると、日本の居酒屋は前菜やメインディッシュもへったくれもなく、何を頼んでもいいし、途中で気が変わっても、数分以内ならそれを取り消したりすることもできる。

それがもっと簡素化されたのは日本の屋台で、どうもこれからは都市のいたるところに外国人向けの屋台村のようなところができるような気がしてならない。

NYの行列ラーメン店

いまアメリカがラーメンブームだという。

とくにニューヨークのブルックリンあたりは学生が大勢行き来しているので十店以上のラーメン屋があり、人気店は行列ができているという。その話を聞いてほんとかいな、と思った。アメリカが日本食ブームになって久しいけれどラーメンだけはアメリカには根づかないのではないかと思っていた。

その理由は簡単で、欧米人はあのアツアツスープに麺が泳いでいる食い物を食うのが本質的にあまり得意ではないからだ。その理由の一番は「ススル」のが苦手であること。欧米人はススルということに関しては「洟《はな》をススル」というアジアの人々の日常行為にへきえきしているとよく聞いていた。洟などは出かかったら紙でも布（ハンカチなど）でもとにかくチーンと全部外に出してしまわないと気持ちが悪くてしようがないらしい。

なるほどわれわれもラーメン屋にきてカウンター前に座るとどうも落ちつかない。寒いときなどアツアツラーメンのドンブリの上をのぞく態勢になるとたいていの人は洟が出てくる。しかしチリ紙でハナをかんでいるのももどかしく洟をススリながら同時に麺をススルという高等技ができる。

だからブルックリンの流行り店に行ったときは半信半疑だった。でも数人ながらたしかに列ができていた。店内もこんでいる。ぼくは一番端の席にすわりメニューを見た。凝っていて日本の寿司屋なんかによくある小さな板の上に品目が書いてある。寿司屋だと「コハダ」とか「アナゴ」とか「アジ」とかね。あのまねである。で、じっと見ていたらどうもヘンテコである。次ページの写真はちょっと暗いけれど代表の「ラーメン」は「ラ一メン」だし「チャ一シュ一メン」だし「カレ一」だ。笑いながら写真に撮った。思うにこの店づくりに日本人が一人も参加していなかったのだろう。メニューはコンピュターで日本の一流店のものを見ることができる。それを凝って縦書きにするとき彼らは「一」に困った。英語に音引き表示はない。

「日本語むずかしいね」とかなんとか言いながら「一」をそのまま残したメニューになっ

ブルックリンのナゾのおしゃれメニュー。
横書き表記の日本のラーメン屋のメニューを参考にしたのだろうが、
英語にはないタテ書きにしたとき「—」の音引きがナゾだったのだろう。
でも見ていると楽しい。「もちアイス」もぜひ試してみたい。

たのだろう。

料金は高かった。二十七ドルから三十二ドルぐらい。チップを入れると四千円近い値段だ。ただしチャーシューが分厚くてもの凄いボリュームだ。アメリカ人の感覚の肉はもうそれでステーキになっているのだろう。客はそのときは地元の学生ふうばかりだった。彼らはレストラン感覚でラーメン店にやってくるのだな、とそのときわかった。

ぼくの隣にそういうカップルがいて、二人のあいだにはもうチャーシャーメンらしきものの残骸があったが、二人はドンブリの上に顔を寄せ合い長いこと食後の愛をたしかめあっているようだった。これでは客の回転率もヘチマもない。いきおい表には席待ちの行列ができる、というわけなのだな、とわかった。

赤ワインの空中飲み

南米の旅は、とてつもなく大きな空と広い大地と、遠くにとがった白い雪山――という、日本ではなかなかお目にかかれないダイナミックな三つの風景と一緒の日々になる。

車が走っていく道路沿いには、ぽつんと数軒集まった小さな村（とまではいかない規模が多いが）があり、そこには日本風にいえば荒野に生きる人々の仕事や生活用品を売っている小さなホームセンターみたいな店と、ガソリンを売るコーナー、まれにコーヒーとパンなどが食べられるコーナーがある程度で、そこを出てしまうと、次の同じような、まあ言ってみればサービスエリアに行きつくまで、近くて半日ぐらいかかる。何もかも巨大な空間が続いていくのだ。

チリの南部やアルゼンチンの南部一帯をパタゴニアというが、ここの主役は強い風と強烈な太陽であり、不思議なことにその「距離」によって理由のわからない圧力のようなもので神経や体がくたくたになってしまうのだ。

巨大な草原を貫く道を突っ走っていく途中で出会うのは、牛飼いの一群ぐらいだろうか。アメリカでいえばカウボーイと全く同じで、その南米版と思えばいい。めったに車が走っていないので、数百頭の牛を追っているカウボーイも、車で移動していくわれわれも、出会うとそこで停《と》まり、互いにあいさつ、および必要な情報交換をすることになる。チリでの「こんにちは」は「オラッ」だ。両方で「オラッ」「オラッ」と言うのだからなんだかたのしく優しい気分になる。

数人のカウボーイらとぼくの乗っている車の運転手が続けて互いに何か話をするのが通例だ。運転手が聞いているのは、これから先の道路事情や、次の休憩所までの様子だ。

カウボーイは、自分たちもそこで一息つくつもりなのだろう、馬の鞍《くら》につけている革袋を取り外すと、次ページの写真のように口から四十〜五十センチ離したところで袋の栓を開き、中の液体がゆるい放物線を描いて口の中に飛び込んでいく。たいていそこに入っているのはビノと呼ぶ赤ワインだ。

袖すり合うも——というわけなのだろう、そのビノの入った革袋がわれわれの手に渡さ

南米カウボーイのワインの飲みかた。
外にいるときは誰しもこの飲みかたなので、
たまに室内でグラスで飲むような時はヘンな気分になる。

れ、それぞれ同じようにして細長い液体となって飛び出してくる赤ワインを空中で受け止める。革袋の中でワインがより醸成されているのか、いつもうまいなあと思う。

以前、この土地に来たとき、町の店屋で新品を買ってそこに赤ワインを入れ、旅に持って出たが、どうも新品の革袋では全く味が違っているようで、不思議なことに、ああ、うまい、という気持ちにはならなかった。やっぱり馬の鞍につけてたくさん揺さぶり、結果的には空冷されたものを飲んだ方がうまいのだろう。気分によるのかもしれないが。

カウボーイたちはこのビノだけで、特に水などは持っていないのが不思議だった。ワインを飲んでいればのどの渇きなど関係ないのかもしれない。

けっこう長いことそれを飲んでいた運転手が、その後急に饒舌《じようぜつ》になったのは、やや酔って運転しているからだろう。

トルコの田舎道で

外国の田舎を歩いていると、ときどきこういう「絵画」のような風景に出合うことがある。トルコ、イスタンブールのそうとう山の中の道をオンボロ小型トラックで奥地を目指していたときだった。

立ち寄る予定はなかったのだがくみ上げ用の井戸をみつけ、このあたりでラジエーターの水をいれておこう、ということになった。この先はずっとまがりくねった坂道が続く、と聞いていたし、オンボロトラックにはガソリンメーターも壊れていて機能していない。

この国にきてまだ三日目だったので相手が子供とはいえおじさんたちはまともな挨拶もできない。

手まねで、そのポンプの水がほしい、ということを仲間の運転者が身ぶり手ぶりで必死に伝える。

用件はわかり、簡単にどうぞ、ということになった。しかしポンプの把手《とって》を動かしてもスカスカいうだけでちっとも水は出てこない。それに気づいた少年が奥のほうに走っていってバケツいっぱいの水をもってきた。その水をポンプの上の丸くあいているところから注ぎながら同時に素早くポンプの把手を上下させる。しばらく続けているとなかなか頼りがいのある音がしてきてやがて見事にきれいな水が流れて出てきた。

トルコ語で「ありがとう」ってなんていうんだっけ、われわれは相談したが言葉は現地に行ってなにごとも実践で覚えよう、という作戦だったからまだ学習前だ。

「サンキューでいいんじゃないか。世界共通語だよ」一人が造作もなくそういった。

言ってみるとあきらかに反応があって姉弟はハニカミながらトルコ語でなにか言った。お礼は態度でしめそう、といってその日町中でひるめし用に買ってきた二種類の肉のカタマリをひっぱりだしてナイフでそれぞれ適量を切って紙袋にいれたまましだした。

「おお、ドナケバブー」

「やは、アダナケバブー」

姉弟はうれしそうに笑った。われわれの誠意が素直に通じたのだ。

しばらくすると女の子が家のほうに走っていって籠に入った栗のようなものをひとつかみ持ってきてくれた。

国際間の友好関係が成立したのだ。

この写真はまだ水の交渉をする前に日本人四人で接近していくときぼくが撮ったものだが、田舎の道端のふたりはこれはこれで「絵」になっているなあ、と思った。お姉さんなんかもう十年もするとイスタンブールの繁華街をたいそう美しく歩いているんじゃないかと思った。

しかしこの写真を撮ったのは今から三十年ぐらい前のことだから、華ざかりの美人の季節はとうに通りすぎ、五〜六人の子供を連れて屋台で焼き肉売りなんかしているんじゃないかな、などと今はぼんやり懐かしく思うのですよ。

とても美しい少女だった。
たぶん初めて見たのだろう
東洋人の我々を終始興味深げに見ていた。

あとがき

外国でキャンプするときはテントをはる場所をよく注意して選ばないといけない。場所によっては毒虫や蛇などが生息している場合もあるけれど、アマゾンなどはハンモックで寝るように地元の人がおしえてくれます。

その上をかぶせるように釣り紐式になった一人用の蚊帳なんかもあって、併用すれば断然安心です。

それからよく土地カンのない場所では虫や獣などといきなり出会うより、人間のほうが怖い場合が多いのです。地元の人間ではなく、相手も旅をしているようなとき、よく注意する必要があります。相手も見しらぬ外国人（わがほうのことね）が怖いのです。言葉が通じないし、何の用でそこにいるかわからないからですね。いちばん互いに用心するのは、そのあたりが麻薬の流通ルートになっていたりすると、武器を持っているかもしれないし、麻薬捜査官の見張りではないかなどとカンちがいされるのがいちばん危険です。

昼間、山の中の道を歩いているとき、むこうから人がやってくるのを察知すると、ぼくなどはくさむらに隠れます。そうして息を忍ばせてやりすごすのが一番安全なのです。

見通しのいいルートなどを歩いているとき、知らない国の人とすれ違うときは笑顔で何か挨拶らしいことを言って持っているチョコレートなんかをあげたりするのがいちばん安全です。カップヌードルなんかは、最近はかなりその近隣の国で作っているものが流通しているのでそういうのをあげるとかなり友好的になります。もともと友好的な国でキャンプ地に好奇心でやってきた子供などにそういうものをあげると半日ぐらいまとわりついて離れなくなったりするのでかなりくたびれたりします。でも荷物を持ってくれたり片付けを手伝ってくれたりしてくれるからなあ。まあ状況判断、というわけです。

さようなら、するときはけっこう辛いけれど、それも旅のうちなのです。

二〇一九年、冬

椎名　誠

本書は、「夕刊フジ」連載中の「街談巷語」（二〇一八年五月～一九年七月）を、単行本化にあたり、大幅に再構成・加筆・修正したものです。

●使用機材
コンタックスT2／ニコンF3／ニコンDf／ライカM6／ライカM9
キャノンEOS 5D／富士フイルムFinePix S5 Pro

装丁・本文デザイン＝宮川和夫事務所
挿絵＝オオサワアリナ

椎名　誠（しいな　まこと）

一九四四年東京生まれ。作家。写真家、映画監督としても活躍。一九七九年『さらば国分寺書店のオババ』でデビュー。これまでの主な作品は、『犬の系譜』（講談社）、『黄金時代』（文藝春秋）など。近著は、『われは歌えどもやぶれかぶれ』（集英社）、『岳物語』（集英社）、『アド・バード』（集英社）、『中国の鳥人』（新潮社）、『世界の家族 家族の世界』（新日本出版社）、『わが天幕焚き火人生』（産業編集センター）。最新刊は、『旅の窓からでっかい空をながめる』（新日本出版社）、『椎名誠［北政府］コレクション』（椎名誠・北上次郎編　集英社文庫）、『この道をどこまでも行くんだ』（新日本出版社）。私小説、SF小説、随筆、紀行文、写真集など、著書多数。

「椎名誠 旅する文学館」（http://www.shiina-tabi-bungakukan.com/bungakukan/）も好評更新中。

毎朝《まいあさ》ちがう風景《ふうけい》があった

二〇一九年十二月十日　初　版

著　者　椎名　誠
発行者　田所　稔
発行所　株式会社　新日本出版社
〒一五一―〇〇五一東京都渋谷区千駄ヶ谷四―二五―六
電話　〇三(三四二三)八四〇二（営業）　〇三(三四二三)九三二三（編集）
info@shinnihon-net.co.jp
www.shinnihon-net.co.jp
振替番号　00130-0-13681
印　刷　亨有堂印刷所
製　本　光陽メディア

落丁・乱丁がありましたらおとりかえいたします。

ISBN978-4-406-06433-0　C0095 Printed in Japan